Raunächte

von
Sabine Bauch

S

Bibliografische Information der Deutschen Nationalbibliothek: Die Deutsche Nationalbibliothek verzeich-
net diese Publikation in der Deutschen Nationalbibli-
ografie; detaillierte bibliografische Daten sind im
Internet über dnb.dnb.de abrufbar.

© 2025   Sabine Bauch
            https://mein-blog-sb.de.tl
            Coverpainting by Sabine Bauch

Verlag: BoD · Books on Demand GmbH,
In de Tarpen 42, 22848 Norderstedt, bod@bod.de
Druck: Libri Plureos GmbH, Friedensallee 273,
22763 Hamburg

ISBN: 978-3-7693-9899-1

Am Boden zerstört,
niedergetrampelt,
ausgelaugt.
Alles versucht,
es war nicht genug.
Aufgeben?!?
Undenkbar! Niemals!
Zurück auf Start,
keine Erwartungen,
keine Bedingungen,
einfach los,
nur nicht stillstehen.

Der Diebstahl

1

Mein Verstand kann es nicht erfassen,
die Bedeutung nicht einordnen,
aber es rührt mich.
Tief in mir glaube ich eine Regung zu spüren,
wie eine Basssaite, die angeschlagen wird
und es erweckt in mir das Bedürfnis
loszurennen,
Bäume auszureißen,
Schmetterlinge zu küssen,
Laternen zu umarmen,
Hasen hinterherzurennen,
Kühle einzuatmen.
Es ist Hoffnung und Versprechen in einem.

Die Party war gut. Ein kurzes Tippen mit dem Finger und das Handy sagt mir, es ist halb drei. Sie war also ausgezeichnet, denn wann war ich das letzte Mal um diese Zeit noch wach und trotzdem nicht wirklich müde? Gut, der neue Job schlaucht ziemlich, da ist Müdigkeit erlaubt, heute ist es anders. In dieser Nacht wechselte ich mit wildfremden Menschen mehr Worte als in den letzten drei, vermutlich sogar fünf Jahren. Ein heiseres Lachen steigt aus meiner Kehle auf. Es erstaunt mich, dass ich dieser Einladung folgte.

Ich rufe mir die Situation in Erinnerung. Ein Kollege wurde mir als eine Art Tutor zugewiesen, ihn durfte ich in meiner anfänglichen Unwissenheit mit all meinen Fragen löchern. Er tut mir leid, denn mir fällt immer viel zu viel ein. Das eine oder andere Mal sah ich die Denkblase über seinem Kopf schweben mit dem Inhalt: *Warum interessiert dich das?* Inzwischen gewöhnte er sich daran. Es ist eine ausgesprochen geduldige Person, darum wurde er wohl dafür ausgewählt.

Ich stand vor ihm, er dachte über eine Antwort nach und zwei andere in den unendlichen Weiten des Großraumbüros betrachteten uns amüsiert. Wir bemerkten es zur selben Zeit und starrten die beiden irritiert an. Um die Situation zu überbrücken, wendete sich die Kollegin an den konspirierenden Beobachter und lud ihn zu ihrer Party am Wochenende ein. Im selben Moment stutzte sie und schaute zu uns herüber. Aus der Verlegenheit heraus lud sie mich und meinen liebenswürdigen Tutor ebenfalls ein. Er reagierte überrascht, fällt mir im Nachhinein auf. Wir waren also beide Gäste aus einer Notlage heraus und konnten nur nicken. Zwischendurch unterhielten wir uns heute Abend das eine oder andere Mal, stellten jedoch schnell fest, wir sind für Smalltalk ungeeignet und klammerten uns des Weiteren an unsere Weingläser. Aus purer Neugierde wurde ich in Gespräche verwickelt, jedem musste ich zuerst erklären, woher ich komme und was ich bisher machte. Da kaum jemand Lust verspürte, sich über die Arbeit zu unterhalten, schweiften wir bald ins Private ab. Nun bin ich bestens informiert, welche Möglichkeiten mir am Feierabend und an den Wochenenden zur Verfügung stehen. Bei den sehr unterschiedlichen Gästen entfaltete sich eine Palette, von der ich sicherlich das eine oder andere ausprobieren werde.

Es tat gut, dieser Einladung gefolgt zu sein. In den letzten Jahren erschien es mir ab und an bedenklich, wie ich mich immer weiter in die Einsamkeit zurückziehe, viel erschreckender ist, ich fühle mich dort ausgesprochen wohl. Größere Menschenmassen umrunde ich instinktiv, sie sind mir extrem unangenehm. Warum ist es mir heute gelungen, darin einzutauchen? Ich könnte mir vornehmen, so etwas öfters zu machen, doch einerseits fehlen die Gelegenheiten und andererseits werde ich die Stille und Ruhe meiner eigenen vier Wände weiterhin genießen. Derzeit kann ich es vor mir und meinem Umfeld mit den Pflichten des Einzugs entschuldigen und später wird mir etwas anderes einfallen. Es ist ein beständiges Dilemma. Vermutlich gelte ich in meinem bescheidenen Bekanntenkreis bereits als kauzig und eigenartig. Mein Mund verzieht sich zu einem Schmunzeln. Es wird sich nie etwas ändern, wenn es mich lediglich amüsiert.

Allerdings starte ich soeben in einem neuen Umfeld, ich könnte mich ganz leicht neu erfinden. Ich lehne mich an die Wand, bewundere die wunderschöne, geschwungene, alte Holztreppe und denke ernsthaft darüber nach, wie das aussehen könnte. Von oben dringt Partylärm herunter.

Plötzlich kommt mir der Gedanke, dass mich niemand vermissen würde, wenn ich in meiner neuen Wohnung tot umfalle. Natürlich gäbe es einige immer ungehaltener werdende Mails aus der Firma, vielleicht riefe mich sogar jemand an, aber in der Probezeit würde nach kurzer Zeit jeder davon ausgehen, dass ich sang- und klanglos verschwunden bin, um ein besseres Angebot anzunehmen. Aus meiner Sicht wäre das ohne Absage ein absolutes No-Go, ist allerdings durchaus üblich und wer kennt mich dort schon. Trotz dieser Party und den vielen Unterhaltungen bin ich für alle ein unbeschriebenes Blatt.

Es könnte sein, dass ein oder zwei langjährige Freundinnen nach ein paar Wochen anfangen, nachzuforschen. Wir pflegen einen eher sporadischen Kontakt, um so mehr freut es mich, dass er über all die Jahre bestehen blieb. Allerdings wäre ich zu der Zeit bereits vermodert. Ein Schauer läuft mir über den Rücken und kurz überlege ich, ob ich wieder hinauf gehen sollte, um auf den Schreck etwas zu trinken. Ich schüttle den Kopf und steige weiter die Stufen hinunter, die enge Windung der Treppe erzeugt einen leichten Schwindel, durchaus angenehm. Erneut gehe ich zwei Etagen nach oben, um es zu genießen.

Beschwingt trete ich auf die Straße hinaus und erschrecke, als die massive Holztür des prächtigen Jugendstilhauses, genötigt durch den modernen Türschließer, hinter mir ins Schloss knallt. Ein Schelm, der denkt, die Kollegin hätte nur zu dieser Festivität geladen, um ihr ansehnliches Domizil zu präsentieren. Es dürfte nicht ganz billig sein, hier zu residieren. Das Haus reiht sich zwischen architektonischen Meisterleistungen des vergangenen Jahrhunderts ein. Keine unschönen, modernen Autos stören die Kulisse, hier wird unterirdisch geparkt. Würde das Licht der Straßenbeleuchtung flackern, wie das Gasflammen tun, wäre ich absolut überzeugt, mich durch die Zeit bewegt zu haben.

Ich kann mich von dem Anblick nicht losreißen. Architektur fasziniert mich, der Jugendstil im besonderen, darum betrachte ich eingehend jedes Detail der Fassade, die von zwei Straßenlaternen, die keinesfalls flackern, ins rechte Licht gerückt wird.

Meine Wohnung liegt in einem hässlichen Bau aus den Siebzigerjahren, doch sie ist sehr hell und besitzt extrahohe Räume, die ich so liebe. Nachdenklich gleitet mein Blick über die Fenster der anderen Häuser, die zu dieser späten Stunde natürlich dunkel sind. Ich male mir aus, wer in einem derart hochwertigem Viertel wohnt und versuche dabei keine Vorurteile heraufzubeschwören.

Mit einem Schauer erinnere ich mich an den Besuch bei der Familie einer Doktorandin, die ich während meiner Abschlussarbeit kennenlernte. Die Mutter philosophierte beim Essen über das Kastenleben in Indien, und dass sich ihr eigener Bekanntenkreis im Grunde auch innerhalb einer Kaste bewegt. Natürlich sprach sie es nicht direkt an, doch am Tisch saßen nur Leute, die eine lange Ahnenreihe an Akademikern vorweisen konnten, außer mir. Deswegen erfüllte es mich mit Stolz, von meiner Familie zu erzählen, die mit dem, was sie auf dem Leib trug, zu Kriegsende in die neue Heimat kam, um sich als einfache Handwerker hinaufzuarbeiten. Zudem war es keineswegs selbstverständlich, wenn eine Tochter aus konservativem Hause den Wunsch hegte zu studieren. Und den Quantensprung, den mein Vater vollführte, als er es ermöglichte. Meine Schilderung wurde allseits lobend belächelt. Ich war sehr froh, als ich der Abendgesellschaft entkommen konnte und glücklicherweise niemals wieder eingeladen wurde.

In meiner Vorstellung schlummert um mich herum die Kaste der Akademiker friedlich in ihren blütenweißen Bettlaken. Sofort entsteht das Bild eines Halbwüchsigen, der sich schlaflos herumwälzt, weil ihn der Wunsch, aus diesem Käfig auszubrechen, wach hält. Wir Menschen besitzen ein ausgeprägtes Talent für Unzufriedenheit, es wird gern als Ehrgeiz bezeichnet.

Mit einem Seufzer kehre ich zu der Vorstellung meiner eigenen Wohnung zurück. Überall stehen halbausgepackte Kartons herum, da meine alten, lieb gewonnenen Möbel, die erst vor zwei Tagen ankamen, noch nicht den rechten Bestimmungsort fanden. Natürlich plante ich lange vorher die Aufstellung, doch die Lichtverhältnisse oder vielmehr das fehlende Licht zu dieser Jahreszeit veranlassten mich zu Anpassungen. Gerade kommt mir dazu eine Idee, ein kalter Windhauch lenkt mich ab und ich klappe die Kapuze über den Kopf.

Bei der Auswahl der Lage war mir die Anbindung zu den öffentlichen Verkehrsmitteln wichtig, da ich an meinem neuen Wohnort ebenfalls ohne eigenem Auto auskommen möchte. Wenn ich es mir recht überlege, war die Wahl eines Arbeiterviertels unbewusst beabsichtigt. Zufrieden nicke ich. Es wäre eine allzu schreckliche Vorstellung, wenn ich morgens im Treppenhaus von einer sorgfältig geschminkten Mitbewohnerin im Kaschmirpullover und Perlenkette dazu genötigt werde, mich über den Hunger in der Welt zu unterhalten, während ihr Arm mit dem delikatessengefüllten

Einkaufskorb länger wird. Achtung Vorurteile blinkt eine rot erleuchtete Warnschrift in meinem Kopf und sofort stellt sich die Überlegung ein, mit dem neuen Job die Beiträge für die Hilfsorganisationen zu erhöhen.

Ich bin absolut zufrieden mit meiner Wohnungswahl, trotzdem bewundere ich ein letztes Mal die Fassade, bevor ich mich auf den Heimweg mache.

Natürlich war es wieder peinlich, dass einige der neuen Arbeitskollegen meinen Namen kannten und ich ihren nicht. Ich besitze kein Namensgedächtnis. Inzwischen bin ich ziemlich gut, diese peinlichen Momente zu überbrücken, ein Lächeln hilft immer. Glücklicherweise ist dieses Phänomen im technischen Umfeld weit verbreitet und während der Party fand ich den einen oder anderen Leidensgenossen.

In dieser Beziehung ist es mir unmöglich, mich neu zu erfinden, dazu bräuchte ich ein anderes Gehirn. Gehirntransplantation. Ist das schon möglich? Was wäre danach noch von mir übrig? Sitzt mein Wesen, mein Charakter im Kopf oder ... wo? Ich halte an, um darüber nachzudenken und schaue dazu an mir herab. Mein Blick bleibt auf Brusthöhe hängen, dem Herz wird literarisch diese Funktion nachgesagt, nur will ich keinen Roman schreiben. *Die Seele*, schreit eine Stimme in mir. Wenn ich darüber eine Geschichte schreibe, würde mich jeder als verwirrt ansehen. Allerdings wäre es ein Aspekt bei der Neuerfindung. *Zu esoterisch verankert*, meldet sich dieselbe Stimme, die eben erst die Seele ins Spiel brachte. Dieses Mal stimme ich ihr zu.

In frühster Jugend startete ich einen literarischen Exkurs in diesen Bereich und entsinne mich, dass es dazu eine überaus beliebte Buchreihe gab, deren Namen mir entfallen ist. Ich las sie alle. Es kam sehr schnell der Zeitpunkt, an dem ich diese Erfahrung als ausreichend erkundet abhakte. Erneut verzieht sich mein Mund zu einem Schmunzeln. So abenteuerlich wird die Erfindung meiner Person also nicht werden. Bin ich bereits zu abgebrüht? Das wäre wahrlich schrecklich. Auf eine geistige Liste setze ich die Punkte: esoterisches Buch lesen, nach meditativen Töpferkurs googeln, Achtsamkeitsseminar buchen, veganen Kochkurs belegen, wie auch immer geartete Spiritualität entdecken, nach gesunden Sportmöglichkeiten recherchieren und versuche ein weiteres Lächeln zu unterdrücken. *Mehr Ernsthaftigkeit für den Neuanfang, meine Dame!* Den letzten Punkt sollte ich von der geistigen auf eine real existente Liste verschieben.

Dort vorne ist eine Bushaltestelle. Zu dieser frühen Morgenstunde fahren keine mehr, das würde ich einem Fahrer nicht zumuten wollen, trotzdem laufe ich darauf zu. Wie so oft taucht aus meinen Gehirnwindungen die Frage auf, wo Busfahrer ihre Notdurft verrichten und wische sie beiseite, da ich die Antwort nur von einem Betroffenen erhalten könnte. Eine andere Liste öffnet sich auf einem neuen Tab in meinem Kopf. Als ich die Überschrift: *Peinlichkeiten des Lebens* lese, klappe ich sie umgehend zu.

Der Fahrplan hängt im Schatten zwischen den Straßenlaternen, im Gedanken öffnet sich die Liste mit unsinnigen Gegebenheiten, ich ignoriere sie und bringe mit dem Handy ausreichend Licht ins Dunkle. Kurz nach Mitternacht fuhr der letzte Bus. Irgendwo gibt es hier eine U-Bahnstation? Ich vergaß die Gastgeberin danach zu fragen.

Zu später Stunde unterhielten wir uns am inzwischen leer gefegten Buffet ausgesprochen gut. Auch hier ließ sich die Kollegin nicht lumpen, sogar eine Schüssel Hummer in vielleicht selbst gemachter Mayonnaise stand dort, deren Inhalt vermutlich komplett in meinem Magen landete. Ich korrigiere meine Annahme, nach der sie das Buffet selbst kochte, dafür gibt es professionelle Anbieter. Sie erzählte eine Anekdote nach der anderen zu meiner Abteilung, dem regen Wechsel der Mitarbeiter und warnte mich vor der menschlichen Inkompetenz meines neuen Chefs. Trotzdem unterdrückte ich die Frage, warum sie mich einlud. Wir hatten bisher kaum Kontakt. Es anzusprechen, wäre mir zu peinlich gewesen. Sie hätte uns ignorieren können, da sie weder von mir noch von meinem Tutor abhängig ist. Eine mögliche Erklärung wäre, dass ich entweder bisher nicht alles falsch machte, menschlich gesehen, oder sie wollte sich die Neue genauer ansehen. Kurz kommt mir der Gedanke, ich sollte vielleicht den Partyclown abgeben und verwische ihn umgehend. Ich persönlich betrachte mich eher als Spaßbremse. Wieder schüttle ich den Kopf: *Mach dich nicht schlechter als du bist, meine Dame, dein Humor ist lediglich etwas ausgefallen, es liegt an den anderen, wenn er unverstanden bleibt.* Ich nehme mir vor, mich diesbezüglich anfangs zurückzuhalten.

Das Handy lud inzwischen den Stadtplan, sucht allerdings weiterhin meinen Standort. Hektisch scrolle ich durch die Straßen, in der Hoffnung, dass mir etwas bekannt vor kommt. Dummerweise bot mir eine Kollegin an, mich mit ihrem Auto abzuholen, um zusammen zu erscheinen. Es kam mir wie eine Bitte vor und ich wagte nicht abzulehnen. Deswegen musste ich mich nie damit beschäftigen, wo ich mich derzeit befinde. Erfreut schreie ich auf, als das Gerät endlich den Standort findet. Mal sehen, wo die nächste U-Bahnstation ist.

Das ist der letzte Gedanke vor dem Stoß.

Denn ein Baum hat Hoffnung, auch wenn er abgehauen ist; er kann wieder ausschlagen, und seine Schösslinge bleiben nicht aus. Ob seine Wurzel in der Erde alt wird und sein Stumpf im Staub erstirbt, so grünt er doch wieder vom Geruch des Wassers und treibt Zweige wie eine junge Pflanze.

Hiob 14, 7-9

2

Ich kann nicht verweilen,
der Boden brennt unter meinen Füßen.
Ich muss weiter!

Ich fliege über die Bordsteinkante und knalle mit dem Kopf auf die Straße. In meinem Rücken, dort wo ich auf der Granitkante lande, knackt es eigenartig. Mir wird schummrig, alles dreht sich vor meinen Augen, ich schließe sie. Das fühlt sich besser an, ich dämmere weg.

Nur kurz, denn jemand zerrt an meiner Hand, nein, an dem Handy darin. Dadurch werde ich gezwungen, die Augen zu öffnen. Au, das tut weh, es blendet, so hell war es vorher nicht. Es dauert geraume Zeit, bis ich zwischen dem gleisenden Licht überhaupt etwas erkenne.

Ein Typ beugt sich über mich und schüttelt das Gerät in der Hoffnung, die klammernde Hand loszuwerden. Das ist zu dreist. Spinnt der? Was fällt dem ein, harmlose Passanten zu überfallen? Glaubt der wirklich, das geht einfach so? Nein! Meine Hand lässt nicht los, ich betrachte sie stolz. Da könnte ja jeder kommen. Er nimmt einen Finger nach dem anderen und löst ihn. Das sieht lustig aus, die scheinen wirklich festzukleben. Jetzt hält er den Gegenstand seines Begehrens hoch und grinst. Er ignoriert mich, konzentriert sich auf das Gerät und aktiviert es. Ich benutze keine Sperre, normalerweise lass ich es nirgendwo liegen. Professionell hantiert er damit, seine Finger bewegen sich schnell über das Display.

Denkst du, du hättest bereits gewonnen? Nicht mit mir! Ich versuche mich aufzurichten, es misslingt, trotzdem gebe ich nicht auf. Er ignoriert mich, konzentriert sich auf das Telefon. Ich stemme die Hand gegen den Straßenbelag und versuche mich hochzudrücken. Das ist zu schwer, weil Po und Beine auf dem Gehsteig liegen. Dann sollte ich vielleicht zuerst die Füße anziehen. Schon besser, jetzt kann ich mich herumrollen und aufsetzen.

Der Typ ist weiterhin voll und ganz mit meinem Besitz beschäftigt. Nun schaffe ich es aufzustehen, mache zwei Schritte, der Teer unter meinen Füßen ist weich und gibt nach. Ich schwanke gewaltig, kann mich abfangen und konzentriere mich auf das Schild mit dem Fahrplan als Fixpunkt, es tanzt übermütig um mich herum. *Halte still, du blöder Fahrplan!* Blitze zucken, ich blicke zum Himmel, es gibt kein Gewitter. Mir wird schwindelig, erneut konzentriere ich mich auf den Aushang, jetzt bleibt er ruhig und ordentlich hängen. Das Schwanken wird erträglich.

Der Dieb schaut auf die Straße, wo ich eben noch lag, irgendetwas dort scheint ihn nachdenklich zu stimmen. Er setzt an, sich herab zu beugen, schüttelt den Kopf und richtet sich wieder auf, kontrolliert zu beiden Seiten, ob ihn jemand beobachtet, dreht sich weg und läuft den Gehsteig entlang. Was für ein Vollidiot ist denn das? Der blickt durch mich hindurch, für den bin ich Luft. Du denkst, dich sieht keiner? *Ich* beobachtet dich, das zählt ebenfalls. Natürlich fehlen mir Zeugen, aber brauche ich die? Er hat mein Telefon.

Genügt das? Was ist, wenn er behauptet, es sei seins?

Nun sehe ich ebenfalls auf die Straße. Dort ist ein Fleck. Ist das mein Blut? Ich greife an meinen Kopf, an die Stelle, wo der Schmerz pochte, jetzt tut es nicht mehr weh. Meine Hand ist schwarz, als ich sie mir so dicht vor die Augen halte, damit ich auch ohne Licht etwas erkenne. Jetzt ist es so dunkel, wie es sich gehört, wenn die nächste Straßenlampe weit weg ist. Dass ich zuerst derart geblendet wurde, war eigenartig.

Mein Blick folgt dem Gehsteig. Der Mann lief langsam, er schlenderte davon, genau das ist die richtige Formulierung, trotzdem ist er verschwunden. Ich bewege mich derzeit, körperlich und geistig, im Zeitlupentempo. In mir regt sich Widerstand, es rumort und brodelt. Den kann ich nicht einfach davonkommen lassen. Mich umstoßen, mein Handy klauen und mich mit unwahrscheinlicher Überheblichkeit ignorieren, das ist unverschämt. Mir entfährt ein leises Knurren. Ich bin kein sonderlich emotionaler Mensch, aber dies ist ein Zeichen, dass ich ausnahmsweise extrem stinkig bin. So nicht, nicht von einem Vollidioten. Sehr langsam setze ich mich in Bewegung, schwanke erheblich, klammere mich an den nächsten Laternenpfahl und warte, bis das Karussell zum Stillstand kommt.

Gerade noch rechtzeitig erreiche ich die Straßenecke, um zu sehen, wie er die Treppe zu einer U-Bahnstation hinunter steigt. Nun fand ich die wenigstens, alles hat auch seine guten Seiten. Bevor sein Kopf verschwindet, bleibt er stehen und blickt zurück. Sein Gesicht wird vom Display des Telefons beleuchtet. Sieht er mich? Instinktiv halte ich an und dränge mich hinter einen viel zu kleinen Busch. Er sieht genau in meine Richtung. Er muss damit rechnen, dass ich ihm folge. Endlich wendet er sich ab und verschwindet im U-Bahnzugang. Ich versuche aufzuholen. Als ich die Treppe zur Hälfte unten bin, fährt die Bahn ein.

Ich bemühe mich, hinterherzueilen, aber meine Beine gehorchen nicht wirklich. Als ich unten bin, steigen die Leute bereits ein, es sind nur wenige. Der Räuber befindet sich etwa in der Mitte des Bahnsteigs und damit zu weit weg. In letzter Minute dränge ich mich durch die Tür und gehe innen weiter in seine Richtung, doch er ist im nächsten Waggon, es gibt keinen Durchgang.

Durch das Fenster am Wagenende sehe ich ihn, er konzentriert sich auf mein Handy. Fieberhaft überlege ich, welche Fotos ich gespeichert habe und welche geheimen Notizen. Allerdings ist mein Leben kaum abenteuerlich genug für Peinliches. Trotzdem lausche ich erneut meinem Knurren und drehe mich erschrocken um, ob es jemand hörte. Die junge Frau auf der nächsten Bank blickt müde zum Fenster hinaus, obwohl dort nur die Schwärze des Tunnels zu erkennen ist. Ein alter Mann am anderen Ende des Abteils döst, zwei Jungs in Trainingsanzügen zeigen sich gegenseitig die Displays ihrer Telefone und lachen, kurz versuche ich zu erfassen, in welcher Sprache sie sich unterhalten. Ich schüttle alle Eindrücke als derzeit irrelevant ab und konzentriere mich auf das Verbindungsfenster.

Ich behalte den Typ im Auge, er sieht in meine Richtung, ich kann mich nirgendwo verstecken. Er starrt lange zu mir herüber, schüttelt den Kopf und richtet seinen Blick erneut auf das Display. Er scheint mich nicht zu erkennen. Weiß er überhaupt, wie ich aussehe? Es war zu dunkel und er interessierte sich lediglich für das Diebesgut.

Sein Blick richtet sich auf die Station, die wir soeben erreichen und er nähert sich der Tür, ich bereite mich darauf vor, ebenfalls auszusteigen. Auf dem Bahnsteig schaut er zu mir herüber, es ist unklar, ob er mich sieht oder etwas hinter mir, irritiert blicke ich mich um. Hier sind mehr Leute unterwegs, es ist Wochenende und die Nacht noch lang. Trotzdem ist es keine Menge, in der ich untertauchen kann. Er wendet sich ab und dem Aufgang zu. Was für ein skrupelloser Mensch. Wenn ich an ihn herankomme, was kann ich gegen ihn ausrichten? Er ist stärker, das wird mir in diesem Moment klar. Hilfesuchend blicke ich mich um, plötzlich sind alle fort. Das hätte mir früher einfallen sollen. Unschlüssig halte ich an. Nein, ich werde nicht aufgeben. Mit neuem Mut stürme ich hinterher. Mir geht es wieder richtig gut, mein Lauf ist geradezu leichtfüßig, obwohl ich eher unsportlich bin, es muss der Zorn sein, der in mir brennt. Instinktiv möchte ich an die Wunde am Kopf fassen, doch um die kann ich mich später kümmern. Ich darf den Anschluss nicht verlieren.

Soeben möchte ich die nächste Treppe hinauf, als ich ihn aus dem Augenwinkel heraus bemerke. Wir befinden uns in einer weiteren Ebene der Station, in der vermutlich Züge aus einer anderen Richtung kreuzen. Die Ortsnamen sind mir unbekannt und ohne Handy kann ich unmöglich herausfinden, wo wir sind. Sogar den Namen der Haltestelle, in der wir zugestiegen sind, beachtete ich nicht, zu dumm, ich muss Fakten sammeln. Wir fuhren keine zehn Minuten. Die Partylocation befand sich in einem Viertel außerhalb, soweit ich das bei dem kurzen Blick auf den Stadtplan erkannte. Da hier mehr Leute unterwegs sind, bewegten wir uns sicherlich Richtung Zentrum. Leider sind das alles nur Vermutungen.

Er schlurft auf einen unordentlichen Haufen von Tüten und Schlafsäcken in einem toten Winkel der Station zu. Bei genauerer Betrachtung stecken Körper in den Säcken, Haarschopfe luken hervor. Es ist eine dunkle Ecke und ich stehe im grellen Licht der U-Bahnbeleuchtung. Wenn er sich jetzt umdreht, sieht er mich. Fieberhaft suche ich nach einer Deckung und finde sie hinter einem Elektroschrank. Von hier kann ich den Ort genauer betrachten. Sofort steigen Bilder von meiner soeben bezogenen Wohnung auf. Noch herrscht Chaos und meine Möbel sind alt, doch mein Heim ist um Welten besser, als das dort.

Soll ich nun Mitleid bekommen? Nein, egal wie seine Lebenssituation ist, es gibt ihm keinesfalls das Recht zu stehlen. Wenn er mir ein Butterbrot geklaut hätte, würde ich schweigen und ihm ein zweites reichen, aber es war mein Handy, davon kann niemand abbeißen. Der Dieb schlüpft in einen Schlafsack, kurz sehe ich mein Telefon aufblitzen, bevor er es einsteckt. Fieberhaft überlege ich, welche Möglichkeiten ich habe. Selbst wenn er einen sehr festen Schlaf besitzt, würde er aufwachen, wenn ich ihn abtaste.

Unschlüssig und hilflos sinke ich hinter dem Installationsschrank nieder, ich höre das leise Brummen der Elektronik. Wie spät es wohl sein mag? Hier unten bemerke ich nicht, wenn es hell wird, um diese Jahreszeit geschieht das erst gegen acht Uhr. Es war halb drei, als ich an der Bushaltestelle stand. Warum hörte ich ihn nicht? Wo war er hergekommen? Saß er im Häuschen? Das war ein gläserner Unterstand, ich achtete nicht darauf. Ich war viel zu sehr in meinen Gedanken versunken, all die Eindrücke zwischen den Arbeitskollegen, meinem neuen Leben, die fremde Umgebung und mein Wunsch, nach Hause zu kommen. Wo war eigentlich die Kollegin geblieben, mit der ich hierhergefahren bin? Wann sah ich sie zuletzt? Vermutlich ist sie längst im Bett. Wäre ich nach der Arbeit schön brav nach Hause gegangen und hätte mich um die Wohnungseinrichtung gekümmert und vor allem den Kühlschrank endlich gefüllt, dann wäre alles gut. Sofort wische ich diese Gedanken aus meinem Kopf, dazu ist es zu spät. Nun ist es vorbei mit dem entspannten Wochenende, das erste zwischen meinen vertrauten Möbeln. Ich schniefe und halte mit dem Kopf zwischen den Händen inne, für konstruktive Überlegungen scheint derzeit dort kein Platz zu sein.

Immer wieder riskiere ich einen Blick hinüber zu dem verwahrlosten Heim der Obdachlosen, dort herrscht Stille. Zumindest die haben eine geruhsame Nacht, auch wenn diese Unterkunft keinesfalls meinen Vorstellungen entspricht. Jedem das seine.

Vielleicht sollte ich mir morgen einfach ein neues Telefon kaufen, der Datenverlust hält sich in Grenzen, noch harre ich unwillig und trotzig aus. Ich muss die Karte sperren lassen, doch eigentlich will ich es zurückhaben, schließlich kostete es viel Geld. Niemand darf stehlen, es geht ums Prinzip!

Ich werfe einen energischen Blick in Richtung der Obdachlosen. Der Dieb dreht sich in diesem Moment ruckartig um und starrt zu mir. Sofort drücke ich mich eng an die Wand hinter dem Schrank. Ich zittere. Wenn er nun herüber kommt. Schließlich legte ich bereits fest, dass er stärker ist und jetzt kauere ich völlig hilflos in dieser Ecke. Wie soll ich mich wehren? Mutig springe ich auf und wappne mich mit erhobenen Fäusten gegen einen Angriff. Dort hinten liegen alle tief in ihren Schlafsäcken, ich beobachte es lange, Standbild. Erschöpft rutsche ich die Wand hinunter. Nun wäre es höchste Zeit für einen Plan. Sonst habe ich immer einen, für jede idiotische Situation, derzeit herrscht geistige Windstille.

Fassen wir es zusammen: Ich will es zurückhaben, der Typ ist zu kräftig für mich, derzeit hat er sogar Unterstützung, ich kann es also unmöglich einfach nehmen. Vielleicht ergibt sich eine bessere Konstellation. Wie könnte das aussehen? Bald ist Samstag Morgen und er wird den Schlafplatz sicherlich verlassen. Wenn er alleine ist und wir unter mehr Leuten, könnte ich es vielleicht zurückerobern.

Ich könnte zur Polizei gehen, doch bevor wir zurückkommen, ist der Dieb samt Beute längst verschwunden. Falls ich sie überhaupt dazu überzeugen kann. Beamte sind, besonders im übermüdeten Zustand, wenig entgegenkommend. Handys werden täglich, vermutlich stündlich gestohlen. Die werden mir erzählen, ich hätte besser darauf aufpassen sollen. Und zu dieser Zeit sind anständige Menschen ohnehin Zuhause. Sofort erscheint das Bild der friedlich schlummernden Akademiker in ihren weißen Laken vor meinem geistigen Auge. Die haben ihren gesamten Besitz sicher verwahrt.

Während ich erneut hinüberstarre, betritt jemand mein Sichtfeld. Ich fokussiere auf die Nähe. Sie schreitet zielstrebig an mir vorbei auf den Treppenabgang zu. Mein Blick klammert sich an ihr fest, sie ist unglaublich schön. Das volle Haar, pechschwarz, glänzend und lang, wippt im Takt ihres Schritts. Eine solche federnde Haarpracht gibt es nur in der Werbung. Die Lederkleidung, farblich identisch, spannt sich über ihren äußerst attraktiven Körper. Wenn sie die ganze Nacht unterwegs war, wirkt sie ungewöhnlich frisch. Bewundernd folge ich der geschmeidigen Bewegung der Kurven im knallengen Leder. Nein, ich bin nicht lesbisch, jedoch sind Frauen definitiv das attraktivere Geschlecht.

Mein Blick wandert vom Po zu den langen Beinen, bis ich bei den Füßen ankomme. Sie sind nackt! Es ist Ende Dezember! Kurz bevor sie die Treppe erreicht, wendet sie sich zu mir um und lächelt. Kennt sie mich? Unmöglich, ich sah sie nie zuvor. Auch wenn ich mir keine Namen merken kann, Gesichter schon und an dieses würde ich mich erinnern. Außerdem kenne ich in dieser Stadt niemanden. Sie wendet sich ab, ein enttäuschter Seufzer entfährt meiner Kehle. Ihr Scheitel verschwindet im Untergrund. Plötzlich überkommt mich eine bleierne Müdigkeit, zu schwer, um sich dagegen zu wehren.

Er hat einen ewigen Bund mit ihnen geschlossen und ihnen seine Ordnung offenbart.
Sie haben mit ihren Augen seine hohe Majestät gesehen und mit ihren Ohren seine herrliche Stimme gehört. Und er sprach zu ihnen: Hütet euch vor allem Unrecht!, und befahl einem jeden seinen Nächsten an. Ihre Wege hat er immer vor Augen, und nichts ist vor ihm verborgen. Ihre Wege sind von Jugend an auf das Böse gerichtet, und nicht vermochten sie, ihre steinernen Herzen in solche aus Fleisch zu verwandeln.

Sirach 17, 12-16

3

--- Ich ---

Ich bin wie ein Bodendecker,
ich bin eine Pflanze, die alles überdeckt.
Ich lasse kein Unkraut zu.
Ich lasse Vögel in mir nisten.
Ich habe tiefe Wurzeln.
Ich habe kleine rote Blüten, im Winter.
Ich wachse gern über meine Begrenzung hinaus.
Ich wachse in alle Richtungen.
Ich leide, wenn man mich zurückschneidet.
Ich werde kräftiger dadurch,
ich wuchere weiter.

Ein Zug rollt dröhnend ein, ich schrecke hoch. Habe ich wirklich geschlafen? Glücklicherweise fühle ich mich nicht so erschlagen, wie es der ungemütliche Platz vermuten lassen würde. Wie spät ist es? Auf der Anzeigetafel wird aufgelistet, in welchen Minutenabständen die Züge einrollen, die aktuelle Zeitangabe fehlt. Aus der Bahn steigen Leute, denen ich eine geschäftliche Tätigkeit zutrauen würde. Verdammt, ich muss ins Büro. Ich springe auf. Eine Frau, die in diesem Moment an mir vorbei zur Treppe will, erschrickt, ich hebe beruhigend die Hand. Sie starrt auf den Boden, wo ich eben noch saß, meine Geste ignoriert sie. Schon stürze ich hinter ihr her und stoppe. Es fällt mir alles wieder ein. Die Party, der Handyklau, die Verfolgung, und es ist Samstag.

Sofort wende ich mich zu den Obdachlosen um. Dort herrscht Frieden, die sind an die Geräuschkulisse gewöhnt und besitzen einen guten Schlaf. Sollten den nicht nur die Gerechten haben?

Ich brauche dringend einen Plan. Zuallererst muss ich mich entscheiden, ob ich nach Hause gehe oder weiterhin die Mühe auf mich nehmen will, meinen Besitz zurückzuerlangen. Seufzend rutsche ich die Wand hinunter.

Nachdem die Bahn aus der Station rollt, herrscht absolute Stille, geeignet zum Nachdenken und trotzdem ist dies unmöglich. Eine unsagbare Wut steigt in mir auf. Nie zuvor wurde ich beklaut, darum lasse ich es nun nicht ungestraft geschehen. Mich erschrickt das Wort Strafe. Bestraft habe ich ebenfalls noch nie jemanden. Dazu bin ich ungeeignet, ich neige zum Ignorieren. Soll ich nach Hause? Wo ist das? Ist die neue Wohnung schon ein Zuhause? Ich schüttle den Kopf. Wie soll sie das? Seit zwei Wochen lebe ich dort, das macht kein Zuhause, die ganze Stadt ist es nicht. Resigniert seufze ich auf, also nicht nach Hause.

Vorsichtig lug ich hinter dem Schrank hervor zum Schlafplatz hinüber. Sollte ich einfach hin und holen, was mir gehört? Nur was, wenn sich alle gegen mich verbünden? In dem Durcheinander aus Tüten und Decken versuche ich die Haarschopfe zu zählen und komme auf mindesten fünf, eindeutig zu viele. Wenn die noch länger schlafen, könnte ich die Polizei aufsuchen. Die Station ist zu klein, es gibt keine Geschäfte und erst recht keine Ticketverkaufsstellen, in denen ich danach fragen hätte können.

Leise tripple ich zum Ausgang. Dazu muss ich nahe an den Schläfern vorbei. Ich husche nach oben und sehe mich um. Riesige Wohnblöcke, so weit das Auge reicht, über mir ein Spalt mit grauem Himmel, es dämmert. Wo bin ich nur gelandet? In einem Schaukasten hängt ein U-Bahnplan, auf dem ich sehe, dass ich verdammt weit weg von dem bin, was einmal mein Zuhause werden soll. Ich studiere den Umgebungsplan, alles ist fremd. Niemand ist unterwegs. Wenn der Dieb sich aus dem Staub macht, während ich suche, bleibt mir nichts mehr. Wegen eines Telefons leitet die Polizei keine Großfahndung ein. Es wäre einfacher, wenn er eine feste Bleibe hätte, vermutlich würde er das dort unten als solche bezeichnen.

Ebenso leise wie zuvor schleiche ich zu meinem Wachposten zurück und harre der Dinge, die da hoffentlich kommen werden, ich harre lange. Scheinbar ist Hummer außerordentlich sättigend, denn Hunger verspüre ich keinen, es könnte allerdings auch an der Aufregung liegen.

Unzählige Züge sind ein und ausgefahren, Hunderte Menschen aus mehreren Ebenen an mir vorbeigeströmt, bevor in die Schlafenden Bewegung gerät. Zuerst ist es einer, der auf die Gleise pinkelt und zurück kriecht. Als nächstes sucht ein anderer nach einer Wasserflasche und leert sie sitzend im Halbschlaf. Ein weiterer entfernt sich grußlos und geht seinen Tagesgeschäften nach, wie immer die geartet sind. Endlich regt es sich im richtigen Schlafsack, vermutlich ist es bereits Mittag. In der Zwischenzeit hätte ich fünf Polizeistationen aufsuchen können, wenn ich es geahnt hätte.

Während er in einem Pizzakarton nach Resten sucht, kann ich ihn eingehender betrachten. In seinem verwahrlosten Zustand ist er schwer einzuschätzen, allerdings ist er keinesfalls älter als Mitte zwanzig. Seine Haare sind halblang und fettig, gewaschen vermutlich blond. Er trägt einen dunkelblauen Kapuzenpullover und einen zweiten mit Rollkragen darunter. Seine Jeans ist löchrig, das war sie vielleicht schon im Neuzustand. Die Sneaker besitzen einen undefinierbaren Grauton, ob das vom Schmutz herrührt oder Originalfarbe ist, lässt sich unmöglich ausmachen, jedoch einigten sich Socken und Schuhe auf dieselbe Farbe.

Wie kann es jemand zulassen, auf dieses Niveau zu sinken. Durch Arbeitslosigkeit war ich selbst einst in der Situation, meine Rechnungen nicht bezahlen zu können, obwohl ich schon immer aus Überzeugung ein bescheidenes Leben führte. Als ich keine andere Möglichkeit mehr sah, machte ich mich schweren Herzens auf den Weg zum zuständigen Amt, saß im Warteraum schweigend zwischen Leuten, die Erfahrungen und Tipps austauschten, wie hier mehr herauszuholen ist. Allerdings erinnere ich mich, andere schwiegen ebenfalls peinlich. Jedoch wäre es für mich unvorstellbar, es derart weit kommen zu lassen, dass ich kein Dach mehr über dem Kopf habe.

Verständnislos verfolge ich seine Handlungen: essen, auf die Gleise pinkeln, eine klare Flüssigkeit aus einer Glasflasche trinken. Mit dem Getränk rubbelt er auch über die Zähne und wischt sich über das Gesicht. Voller Ekel sehe ich zu, rieche förmlich den billigen

Fusel und verpasse damit beinahe den Moment, in dem er zum Ausgang geht.

Als ich die letzte Stufe zur Straße erreiche, dreht er sich zu mir um, viel zu lange, als das es Zufall sein kann. Er weiß also, wer ich bin. Dann ist es unnötig, mich zu verstecken. Zu meinem Schutz sollte ich darauf achten, dass immer genügend Leute um uns herum sind. *Wie eine Klette bleibe ich an dir dran, mal sehen, ob ich dich damit nervös machen kann.*

Sein Schritt beschleunigt sich, andauernd dreht er sich um. Es ist bereits früher Nachmittag und unzählige Leute unterwegs, um ihre all samstäglichen Besorgungen zu erledigen. Eine Sache, die ich nie verstand. Scheinbar ist an diesem Wochentag Einkaufen die wichtigste Freizeittätigkeit oder erste Bürgerpflicht. Mir fällt nie ein, was ich samstags den ganzen Tag kaufen sollte. Geschickt weiche ich den Menschenmassen aus. Mein Blick hängt wie eine Hundeleine an dem Dieb. Er taucht unter in der Menge, doch das ist kein Problem, sobald er ausschert, sei es in ein Geschäft oder auf die Straße, würde ich ihn sofort sehen. Plötzlich tut er das.

Erstaunt betrachte ich das Geschäft, es sieht ebenso verwahrlost aus wie der Typ, verstaubte Fenster, verblichene Ware in der Auslage. Er steht vor dem Ladentisch, dahinter ein alter Mann, vermutlich der Inhaber. Sie unterhalten sich. Der junge gestikuliert wild, der alte bleibt gelassen, dann Stillstand. Endlich holt der Typ mein Telefon aus der Tasche. Sofort kommt mir der Gedanke, hineinzugehen, aber würde der Alte mir glauben? Unschlüssig halte ich inne, zu lange. Der Inhaber holt ein Kabel aus einem Regal hinter ihm und platziert es auf den Tisch, der Dieb kramt in der Tasche und reiht Münzen daneben auf, der Alte schüttelt den Kopf, sein Kunde legt mehr Geld dazu, ergreift das Kabel und dreht sich um.

Instinktiv flüchte ich zu einem Hauseingang und verstecke mich. Das wollte ich nicht mehr. Schon schreitet der Typ an mir vorbei, ohne mich zu beachten, ich hinter ihm her. Er begibt sich hinunter zur U-Bahn. Das scheint sein bevorzugter Aufenthaltsort zu sein, verständlich, es ist wärmer dort. Schon trifft ein Zug ein, er bleibt unbewegt stehen und sieht ihm bei der Ausfahrt hinterher. Vier weitere fahren an uns vorbei. Es ist die gleiche Linie in derselben Richtung, es gibt hier keine andere, auf was wartet er? Einmal schaut er mich an und weicht zurück bis ans andere Ende des Bahnsteigs. Ich bleibe an ihm dran. Endlich steigt er in einen Zug, ich zwei Türen weiter ebenfalls und behalte ihn im Auge.

Er lässt sich auf eine Bank fallen und blickt sich sofort unsicher um. *Ja, mein Junge, ich bin noch da!* Er schüttelt den Kopf, als wolle er einen Gedanken loswerden, kramt in seiner Tasche, zückt das Kabel mit der einen Hand mein Telefon mit der anderen und verbindet beides mit der Steckdose im Waggon. Nun weiß ich, auf was er wartete. Vorher waren es ältere Züge ohne Stromanschluss, dieser hier ist neu und besitzt diese Ausstattung. Nun geschieht das, was ich bereits vermutete, wir fahren bis zur Endstation, danach dasselbe in die andere Richtung und zurück in die Innenstadt. So kann man auch seinen Tag verbringen. Der Akku scheint ausreichend geladen zu sein und wir kehren zu seinem Domizil mit Müll und Schlaf-sack zurück.

Es ist unnötig, mich hinter dem Elektroschrank zu verstecken, darum setze ich mich an einem Pfosten auf den Boden. Er sieht zu mir herüber, schüttelt den Kopf und konzentriert sich auf das Display.

Vielleicht bin ich eingeschlafen oder war unachtsam. Plötzlich steht ein Pärchen vor dem Typ. Er gestiku-liert, deutet in meine Richtung, die beiden wenden sich um, suchen mit Blicken die Halle ab, schütteln den Kopf, reden auf den Dieb ein und setzen sich neben ihn. Sie reicht ihm eine Zigarette aus einer zer-knautschten Packung, ihr Freund holt eine Flasche Schnaps aus seinem Beutel, hält sie stolz hoch, öffnet sie, trinkt und gibt sie weiter. Jeder nimmt einen tiefen Schluck, mir graut es allein bei dem Gedanken an den widerlichen Geschmack. Der Dieb hält mit der Flasche inne, blickt erneut in meine Richtung, schüttelt aber-mals verwirrt den Kopf und trinkt. Als die Flasche leer ist, zieht er seinen Schlafsack in die hinterste Ecke, stapelt einige Müllsäcke davor und verkriecht sich dahinter mit einem letzten Blick zu mir. Die beiden anderen verfolgen verwundert sein Tun, sehen in mei-ne Richtung und anschließend kopfschüttelnd zu ihrem Kumpel.

Danach muss ich eingeschlafen sein. Als ich erwache, fährt ein Zug ein. Drüben im Lager der Obdachlosen herrscht Stille, ich zähle fünf Haarschopfe zwischen den Mülltüten. Wie lange schlief ich? Mit einem Blick auf die Schlafenden strebe ich dem Treppenaufgang zu.

Eine Kirchenglocke nagelt die Zeit fest. Vier kurze und zwei lange Schläge, früher Nachmittag. Ich sollte irgendwann etwas essen, doch ich verspüre keinen Hunger. Auf der anderen Straßenseite entdecke ich ein Internetcafé und eile hinüber. Der Inhaber steht vor der Tür und beachtet mich nicht, drinnen sitzt ein Gast und ruft heraus. Die Sprache ist mir unbekannt. Beide ignorieren mich.

Geraume Zeit warte ich darauf, einen Platz zugewiesen zu bekommen, doch das geschieht nicht, darum setze ich mich an den PC, von dem sich der Gast soeben erhob, logge mich auf meinem E-Mail-Account ein und schreibe meinem Arbeitgeber eine Krankmeldung. Diesen Entschluss fasste ich in diesem Moment spontan. Irgendwie ist mein Arbeitsalltag derzeit eine Realität, die viel zu weit weg ist. Normalerweise bin ich viel zu pflichtbewusst, doch ich ordne die aktuelle Situation als Ausnahmezustand ein. Nachdenklich taste ich meinen Kopf ab, die Haare kleben zusammen, sind allerdings inzwischen trocken.

Da mich die beiden weiterhin nicht beachten, verlasse ich den Laden und kehre zurück zur U-Bahnstation. Dort bleibt es still. Vermutlich sind sie nachtaktiv. Amüsiert schmunzle ich und wundere mich über meine Gelassenheit. Da mich weder Hunger noch Durst plagt, setze ich mich an die Säule und beobachte die Züge beim Ein- und Ausfahren, Fahrgäste gibt es kaum.

Endlich regt sich drüben im Lager etwas. Es ist mein Verfolgungsopfer. Sofort schaut er zu mir herüber. „Hau ab, du Hure!", brüllt er plötzlich. Ich muss lachen. Jedes Mal, wenn ein Mann eine Frau Hure nennt, ist er am Ende seiner Möglichkeiten. „Halts Maul, hör auf zu saufen, wenn du schon Geister siehst!", kommt es empört aus einem Schlafsack. Ich nicke hinüber. *Oh ja, ich bin der Geist, den du riefst, du wirst mich nicht mehr los*, denke ich und lehne mich zufrieden an die Säule.

Der Dieb greift nach einer Flasche, trinkt den letzten Schluck und wirft sie weg. Klirrend zerspringt sie auf dem Pflaster. Ein Haarschopf daneben schnellt in die Höhe. „Bist du wahnsinnig. Verschwinde, sonst mach ich dich alle." Der Angesprochene springt auf und läuft zur Treppe. Gelassen erhebe ich mich und schlendere hinterher.

Der Dieb wankt kein bisschen, dazu scheint bei ihm mehr Alkohol nötig zu sein, allerdings wirkt er sehr erregt und verwirrt. Mehrfach dreht er sich im Kreis, schreit auf, als ich die oberste Stufe erreiche und läuft davon. Völlig gelassen folge ich ihm, andauernd blickt er zurück.

Als ihm ein dicker Mann entgegenkommt, spricht er ihn aufgeregt an und fuchtelt in meine Richtung. Der Dicke betrachtet ihn erst besorgt, sieht sich um und wendet sich verständnislos ab. Der Dieb ruft ihm etwas hinterher und blickt panikartig zu mir. Es war meine Absicht, ihn nervös zu machen, aber dieser junge Mann scheint außer mir noch ganz andere Probleme zu haben. Soeben ruft er eine Frau an, die ängstlich flüchtet. Verwundert beobachte ich ihn, etwas wie Mitleid regt sich in mir, ich wische es sofort beiseite und folge ihm um die nächste Straßenecke.

Abrupt halte ich an, meine Aufmerksamkeit wird abgelenkt. An der gegenüberliegenden Straßenseite lehnt eine Frau, gehüllt in schwarzes Leder, mit den Rücken zu mir an einem Geländer, die Haare wehen im Wind, ihre Füße sind nackt.

Wie groß ist meine Schuld und Sünde? Lass mich wissen meine Übertretung und Sünde. Warum verbirgst du dein Antlitz und hältst mich für deinen Feind? Willst du ein verwehendes Blatt schrecken und einen dürren Halm verfolgen, dass du so Bitteres über mich verhängst und über mich bringst die Sünden meiner Jugend? Du hast meinen Fuß in den Block gelegt und hast acht auf alle meine Pfade und zeichnest meine Fußstampfen nach, der ich doch wie Moder vergehe und wie ein Kleid, das die Motten fressen.

Hiob 13

4

Zu viel Energie,
zu viele Wünsche.
zu viele Hoffnungen,
zu viel Kraft,
alles verpufft, sinnlos.

Wie ein zerplatzter Planet,
auf dem nie etwas lebte.
Nur dass es nicht für tausend Jahre noch
aus weiter Ferne sichtbar bleiben wird.

Schwer atmend lehnt er an einer Hauswand und läuft schreiend weiter, als er mich erblickt. Ich lasse den Abstand größer werden, wir befinden uns in einem reinen Wohnviertel, in dem außer uns derzeit niemand unterwegs ist. Er wischt sich den Schweiß von der Stirn und eilt weiter, allerdings werden seine Bewegungen zunehmend fahriger, sodass er kaum vorwärtskommt. Immer öfter hält er an, schnauft heftig, schwankt und mehrmals stützt er sich an einer Hausmauer ab. Dieser Run durch die Stadt kostet ihn verdammt viel Kraft. Warum tut er sich das an?
Ein Blick in meine Richtung genügt, damit er seine Flucht fortsetzt. Ich tue ihm nichts. Schuldgefühl regt sich in mir, ich halte inne und blicke mich unschlüssig um.
Inzwischen läuft er weiter. Ich lasse mir Zeit. Seine Flucht ist bloßer Schein, was bezweckt er damit? An

einer Straßenecke hält er, wie wenn er auf mich warten würde. Als ich die Stelle erreiche, ist er zwei Blocks weiter. Vor ihm türmt sich eine grüne Wand auf, ich staune und beschleunige meine Schritte. So viel Grün in dieser kahlen, grauen Stadt. Er bemerkt mein rascheres Näherkommen, schreit auf und taucht durch ein schmiedeeisernes Tor in den Dschungel ein.

Kurz darauf stehe ich ebenfalls im Park. Auch hier muss sich die Natur der kalten Jahreszeit beugen, doch sie wartet mit erstaunlich viel Immergrünem auf. Efeu, Lorbeere und Geißblatt recken mir ihre Blätter entgegen. Thujen ragen als beeindruckend mächtige Wächter in den Himmel. Buchsbaum ballt sich, Bambus wedelt im Wind. Sofort fühle ich mich willkommen und behütet. Die würzige Luft atmet sich leichter, sie erfrischt und stärkt mich. Das Grün lindert das Brennen der müden Augen, meine Füße saugen Kraft aus dem weichen Boden, die Muskeln lockern sich. Instinktiv fassen meine Finger nach Halmen, streicheln Blätter und reiben über raue Rinde. Ich halte an und atme tief ein. Leben durchflutet mich.

Ich habe keine Ahnung, wo wir uns befinden, nehme mir aber vor, wiederzukommen. Soweit mein Auge reicht, teilen Wege die Wiesen ordentlich auf, Büsche und Bäume durften sich im scheinbaren Chaos verstreuen, dazwischen anmutige Skulpturen nackter Körper und Pavillons zum Verweilen. Im Sommer muss es eine erholsame Oase in der eintönigen Stadtlandschaft sein. Ich bestaune die überraschende Entdeckung, möchte bleiben, alles vergessen, endlich ruhen.

Mein unbeabsichtigter Stadtführer eilt voran, ohne die Pracht zu würdigen, entschwindet hinter Buschwerk, ich halte inne, um durchzuatmen.

Endlich eile ich hinterher und blicke mich erschrocken um. Habe ich ihn verloren? Jeden Abzweig suche ich ab. Endlich entdecke ich ihn, in einem dämmerigen Seitenweg huscht er ziellos umher, wie ein aufgeregtes Huhn, auch die Bewegung seines Kopfs ähnelt dem des Federviehs. Auf einer Bank liegt ein halbgegessener Döner, er schnappt ihn sich und stopft ihn gierig in den Mund, danach lässt er sich erschöpft darauf niedersinken und schließt die Augen. Dieser schlagartige Wandel vom hektischen Vogel zum trägen Faultier macht mich stutzig. Aus der Ferne beobachte ich ihn, er bleibt weiterhin sitzen, vorsichtig nähere ich mich.

Die Bank ist mindestens fünf Meter lang. Er hockt am Ende, ich lasse mich auf der anderen Seite nieder. Seine Augen bleiben geschlossen, ich rücke näher. Keine Reaktion. Ich beschließe, mutig zu sein und wage mich bis auf Armlänge heran. Durch die kahlen Büsche sehe ich Spaziergänger, ein älteres Pärchen kommt in unsere Richtung. Von der anderen Seite eine Mutter, die zwei Kinder brausen im Zickzackkurs auf ihren bunten Minifahrrädern heran. Die Räder bilden erfrischende Farbkleckse im tristen winterlichen Umfeld. Das des Mädchens ist pink und lila, mit gelben und orangenen Blumen. Der Junge fährt einen roten, mit grellen Blitzen geschmückten Renner. Helme und Knieschoner passen dazu. Der Junge stürzt, richtet sich ohne Jammern wieder auf und setzt die wilde

Jagd mit lautem Geschrei fort. Ich konzentriere mich auf den Mann neben mir.

„Gib mir mein Telefon zurück und du bist mich los." Er reagiert nicht. Ist er eingeschlafen? Mit geschlossenen Augen murmelt er: „Ich weiß, dass du da bist." Mir entweicht ein amüsiertes Grunzen. „Wenn du deine Augen öffnest, kannst du mich sogar sehen." Er ignoriert meine Aufforderung und spricht weiter. „Wenn ich das Handy auf der Bank liegen lassen und gehen würde, habe ich es zurückgegeben." Er hält inne, schaut zu mir herüber, wendet den Kopf ab und schüttelt ihn. „Du könntest es unmöglich nehmen, damit ist es kein richtiges Zurückgeben, du würdest mich nicht in Frieden lassen." Verwundert betrachte ich ihn, spricht der Alkohol aus ihm? Er starrt auf die braunen Äste über uns. Ich folge seinem Blick, sie sehen aus wie mächtige Finger uralter Riesen, die den grauen Himmel oben halten. Erneut überdenke ich seine Worte. „Das ist Blödsinn. Natürlich würde ich es nehmen, da sind eine ganze Menge Nummern abgespeichert. Es wäre sehr viel Arbeit, die alle wiederzubekommen. Außerdem war es verdammt teuer, das weißt du. Das ist ein sehr guter Vorschlag. Du legst es hier hin und verschwindest aus meinem Leben. Von einer Anzeige sehe ich ab. Was hätte ich davon, es wäre ein unnötiger Aufwand. Wenn ich jetzt nach Hause gehe, wäre ich morgen ausgeschlafen und könnte den Sonntag genießen." Erneut blicke ich zum grauen Himmel und bitte die Riesen im Stillen durchzuhalten. „Vielleicht bleibe ich den ganzen Tag im Bett, letzte Nacht machte ich kaum ein Auge zu." Abwartend schweige ich. Das Bett steht schon an der richtigen Stelle, es müsste bezogen werden, die Bezüge sollten vorher unbedingt gewaschen sein. Ich liebe den Duft von frischer Bettwäsche. Seine Worte stoppen die Vorstellung in daunenweicher Frische einzutauchen, wie in die Wellen am Meeresstrand, die sich in Gischt brechen. „Du könntest es keinesfalls zurückholen, ein anderer würde es nehmen. Wäre ich dann meine Schuld los?" Irritiert starre ich ihn an. „Was?" Er konzentriert sich weiterhin auf die Äste und setzt seine Gedankengänge fort. „Oh nein, du würdest mich auf ewig verfolgen, du bist eine Hexe." — „Wie bitte? Wie kommst du denn darauf?" Ich muss lachen, er spricht weiter mit den Ästen. „Irgendeine Macht schickte dich zu mir, weil ich inzwischen zu viel klaute und auch sonst eine Menge anstellte. Die wollen mich richten. Ted und Mira glaubten mir nicht, sagten, ich spinne, sollte es aufschreiben, könnte es als Geschichte verkaufen. Doch das geht nicht. Es würde schlimmer werden. Die Macht wäre zorniger als je zuvor." — „Mir schein, du hast einfach schon zu viel getrunken. Der Alkohol durchlöcherte dein Hirn, denn zu viele schlechte Fantasyfilme kannst du unmöglich gesehen haben, dazu bräuchtest du einen Fernseher oder ausreichend Geld fürs Kino. Also lass es einfach liegen und nerve mich nicht länger." Sofort bereue ich die letzten Sätze, denn er springt auf und läuft davon, ohne mich anzusehen. „Scheiße", entfährt es mir und ich sprinte hinterher. Eines der Kinder auf den winzigen Fahrrädern schreit plötzlich auf, ich bin ihm gar nicht zu nahe gekommen. „Was ist los, mein Junge? Hast du dich gestoßen?" Die Mutter eilt herbei. „Da war eine graue Frau." — „Im Park sind viele Leute, vor denen musst du keine Angst haben. Wenn es dunkel wird, werden alle Dinge grau und schwarz. Schau dir die Bäume an. Es wird Zeit, nach Hause zu gehen." Mehr höre ich nicht, ich muss dem Dieb folgen.

„Verdammt! Bleib stehen, gib es mir zurück und du wirst mich nie wieder sehen." Auf einen geistigen U-Bahnplan radiere ich die Station aus, an der er residiert. Ich gebe niemals leere Versprechen, daran wird er nichts ändern. Derzeit kenne ich keinen Grund, warum ich je dorthin zurückkehren sollte, auch wenn ich mich kaum in dieser neuen Stadt auskenne. Attraktivere Viertel gibt es allemal. „Du warst auf dem rechten Pfad zurück zur Tugend. Wenn du das bei all deinen Opfern machst, dann wird das schon." Er muss mich hören, ich bin dicht hinter ihm.

Völlig überraschend lässt er sich erneut auf eine Parkbank fallen, er zeigt sich extrem wankelmütig, damit konnte ich nie umgehen, es macht mich nervös. Mitten auf dem Weg bleibe ich stehen und betrachte ihn verwirrt. Das muss er definitiv ebenfalls sein und bedeutend ernsthafter als ich. Misstrauisch nähere ich mich und setze mich in gehörigem Abstand nieder. Wir schweigen uns lange an, währenddessen wird es dunkel. Haben die Riesen Feierabend oder Schichtwechsel? Wer hält nun den schwarzen Himmel?

Vorsichtig lege ich mir die Worte zurecht. Ich möchte endlich nach Hause. Es ist keine geeignete Zeit, um in Parks herumzusitzen, zumindest für mich, bei ihm bin ich mir unsicher. Plötzlich kommt mir der Gedanke, dass er mich absichtlich so lange hinhält, bis wir allein sind. Ich blicke mich um. Auch jetzt sind noch ausreichend Leute um uns. Das Publikum wechselte lediglich, anstatt Rentner und Mütter mit Kindern, nun Jogger und fußballspielende Jugendliche.

Sein heftiges Atmen erregt meine Aufmerksamkeit, er keucht. Derart schnell lief er nicht. Ich sorge mich ernsthaft. Was, wenn er plötzlich umkippt? Ich bin unschuldig, so sehr bedrängte ich ihn nicht. Hilfesuchend blicke ich mich um. Auf den Parkbänken sitzt niemand mehr, wer kann, tut das im Warmen. Das könnte ich ebenfalls. Er keucht weiter.

Könnte ich mir mein Handy zurücknehmen, wenn er tot umfallen würde? Sofort rüge ich mich für die Vorstellung. Er ist jung, trotz beständigem Alkoholkonsum lässt es sich lange leben ... und weiter klauen, mogelt sich ein winziger, gehässiger Gedanke dazu. Dieses Mal ziehe ich die Rüge zurück. Ich bin ungerecht gegenüber mir selbst. Zu einer Zeit, in der ich mich darauf konzentrieren sollte, mich in der neuen Erde zu verwurzeln, werde ich unnötig auf Trab gehalten. Vor meinem geistigen Auge erscheint ein Federbett in blütenweißen Leinen, ich rieche es. Sonnenlicht durchflutet meine neue Wohnung, die Espressomaschine brodelt duftenden Kaffee heraus und der Kühlschrank ist voller Leckereien, dass ich mich kaum entscheiden kann. So sollte mein Sonntag aussehen. Was wird mich erwarten? Schmutzige Straßen zwischen gesichtslosen Häusern, ein schmuddeliger Typ, dem ich auf Schritt und Tritt folge, bald sehne ich mich nach angebissenen Dönern.

Leise räuspere ich mich, um ihn nicht zu erschrecken, bevor ich behutsam auf ihn einrede. „Es gibt keine Hexen oder eine Macht, die dir Böses will. Ich bin ein ganz normaler Mensch, der sein Telefon zurückhaben möchte. Kannst du das nachvollziehen? Vielleicht bin ich ein wenig hartnäckiger als deine sonstigen ... Kunden." Ich schmunzle über die Wortwahl, er nicht. Sein Atmen klingt ruhiger, er starrt in die Dämmerung. Inzwischen bin ich mir sicher, dass er mir nichts tun wird, dazu hat er viel zu viel Angst vor mir, mit Hexen sollte sich niemand anlegen. Bei dem Gedanken grinse ich und unterdrücke mühsam ein gespenstisches Huhu. Von der Hure zur Hexe, ist das ein Aufstieg oder ein Fall? Ich denke ernsthaft darüber nach, beide Berufsgruppen besitzen ihre Reize und Schattenseiten, sicherlich sind die Tätigkeiten kombinierbar.

Während ich neben ihm hocke und seinem weiterhin unruhigen Atem lausche, kommt mir ein ganz neuer Gedanke. Wenn sein wie immer geartetes Glück dieser Welt, all seine Wünsche und Hoffnungen im Besitz dieses Telefons liegen, dann soll er es behalten. Ich habe wieder eine gut bezahlte Arbeit, am Montag werde ich dort erscheinen, meine Krankmeldung mit einer vorübergehenden Unpässlichkeit erklären, die SIM-Karte sperren lassen und mir nach Feierabend ein neues kaufen, auf das ich demnächst besser aufpasse. Erleichtert atme ich auf. Das klingt nach einem hervorragenden Plan. Ich nicke in die Dunkelheit und wende mich zu dem jungen Mann. „Du kannst es behalten." Er reagiert nicht. „Was hältst du davon?" Weiterhin keine Reaktion. „Hallo? Hörst du mich?" Plötzlich starrt er mich entsetzt an, springt auf und hetzt davon. „So viel Dankbarkeit hätte ich nicht erwartet", murmle ich überrascht und folge. Das mit dem Sonntagsfrühstück kann ich streichen, zudem ist der Kühlschrank leer und außer Funktion, erst seit drei Tagen wurde die Stromzufuhr freigeschaltet, nach mehrmaliger Aufforderung an den Anbieter.

Die Hauptwege sind beleuchtet, darum sehe ich gerade noch, wie er den Park verlässt. Auf der Straße bleibt er stehen, dreht sich mehrmals um die eigene Achse, als ob er sich orientieren müsste und stürmt weiter. An der nächsten Ecke blickt er nachdenklich in alle Richtungen. Ein Mann kommt an ihm vorbei, er spricht ihn an. Ich beobachte Schulterzucken, Kopfschütteln, Nicken, wedelnde Hände. Anschließend eilt der Dieb zielstrebig davon. Inzwischen verfolge ich ihn aus purer Neugierde. Was treibt der Mann?

Wir kommen an einem weiteren Park vorbei, dieses Mal ein winziger, doch das passt nicht zu der hässlichen grauen Stadt, die ich die letzten beiden Wochen zu Gesicht bekam. Es wird hier besser werden, als ich dachte. Für detailliertere Überlegungen bleibt mir keine Zeit. Ich bin gespannt, was ich durch diese idiotische Aktion noch alles über meine neue Heimat erfahre.

Plötzlich werde ich durch eine Bewegung in einem Seitenweg abgelenkt. Die Frau dort kenne ich, das Licht der Laternen spiegelt sich im schwarzen Leder über ihrer Haut. Wie ist das möglich? Warum treffen wir andauernd aufeinander? Natürlich hielt ich mich in den letzten Stunden immer im selben Viertel auf. Es scheint ihr Zuhause zu sein und sie ist eine besonders auffallende Erscheinung. Vermutlich begegneten mir bereits viele Menschen mehrfach und ich bemerkte es nicht.

Sie quert meinen Weg und lächelt mir kurz zu. Amüsiert schaue ich ihr nach und zu ihren nackten

Füßen hinunter. Sie verschwindet hinter einem kleinen Gartenhaus. Erwartungsvoll blicke ich auf den Weg, der dahinter weiterführt, sie taucht dort nicht auf. Gibt es in dieser Stadt gehäufter Ausnahmeerscheinungen: verwirrte Diebe, kälteresistente Ladys, was kommt als nächstes? Fliegende Postboten, singende Wirte, dichtende Bauarbeiter, feuerspeiende Gärtner oder einfach nur friedliche Arbeitskollegen.

Aber du erbarmst dich über alle, denn du kannst alles und du siehst über die Sünden der Menschen hinweg, damit sie sich bekehren sollen. Denn du liebst alles, was ist, und verabscheust nichts von dem, was du gemacht hast. Denn du hast ja nichts bereitet, gegen das du Hass gehabt hättest. Wie könnte etwas bleiben, wenn du nicht wolltest? Oder wie könnte erhalten werden, was du nicht gerufen hättest? Du schonst aber alles, denn es ist dein, Herr, du Liebhaber des Lebens, und dein unvergänglicher Geist ist in allem.

Weisheit 11, 21-24

5

--- Ich ---

Zu allem fähig,

aber ungern nützlich.

Ehrlich,

aber nicht beliebt.

Liebenswürdig,

aber nicht nett.

Endlich kann ich mich losreißen, um den eigentlichen Grund meines Hierseins wiederzufinden. Er hat beinahe den Ausgang auf der anderen Seite erreicht, ich spurte hinterher.

Immer wieder bleibt er unschlüssig an einer Hausecke stehen und orientiert sich, bevor er weiterläuft. Dadurch kann ich mich entspannen. Er hat eindeutig ein Ziel, meine Neugierde wächst. Kennt er einen Priester, der Teufel und Hexen vertreiben kann? Oder einen Zuhälter, der Huren bezwingt?

Bald bin ich überzeugt, wir durchquerten die ganze Stadt, als er endlich vor einem Gebäude anhält, zögert, einen Blick zurück zu mir wirft und die Stufen hinaufstürmt. Als ich den Eingang erreiche, steigert sich meine Verwunderung zur Ratlosigkeit. Es ist eine Polizeistation. Was will er hier? *Ich* sollte dort hineingehen. Hat er sich besonnen, wendet er seine Schritte zurück auf den Pfad der Tugend? Er wird sich selbst anzeigen. Und ich werde bereitstehen, wenn er sich entschließt, einen Kläger dazuzuziehen. Vielleicht mildert es das Strafmaß, allerdings bin ich im rechtlichen Bereich unerfahren.

Durch die Glastür beobachte ich, wie er aufgeregt in die Luke einer Fensterscheibe spricht, hinter der vermutlich ein Beamter sitzt, es dauert lange, man will ihn wohl nicht ernst nehmen. Schon will ich ihm zu Hilfe eilen, als er eingelassen wird.

Zusammen mit einer Großfamilie quetsche ich mich herein, setze mich unauffällig in den Wartebereich gleich am Eingang, genieße die Wärme und döse vor mich hin. Noch kann ich nicht glauben, dass er wirklich hier ist, um sich selbst anzuzeigen. Niemand beachtet mich, es ist ziemlich viel los. Ist das immer so? Ich bin selten auf Polizeistationen, eigentlich nur einmal, ich erinnere mich nicht mehr, warum, irgendetwas wollte ich erfragen.

„Reiner, da ist ein Mann, der behauptet, letzte Nacht eine Frau beraubt und getötet zu haben, er kann sich nicht mehr entsinnen, wo es war, irgendwo außerhalb. Er wirkt nicht betrunken, jedoch verstört und sagt, die Frau verfolgt ihn." Die Polizistin blickt ihren Kollegen ratlos an, der hebt verständnislos den Kopf. „Ich dachte, er hat sie umgebracht." — „Ja, das ist komisch. Ob er nach Alkohol riecht, lässt sich schwer sagen, da sein gesamter Geruch extrem belastend ist." — „Bringe ihn in den Verhörraum zwei, der besitzt ein Fenster zum Lüften und ich werde inzwischen abfragen, welche Todesfälle es letzte Nacht gab." Sie nickt, winkt dem potenziellen Mörder heran und dirigiert ihn durch die Gänge, er lässt es ohne Widerstand mit sich geschehen und brummt: „...müsst mich beschützen, ...

will mich fertigmachen ..." Die Beamtin schüttelt den Kopf, öffnet eine Tür und besagtes vergittertes Fenster, deutet auf einen Stuhl, auf den der Mann zusammensackt, als hätte man bei einer Marionette die Schnüre gelockert und das Spielkreuz achtlos beiseitegelegt. Sie bleibt am Eingang stehen, die Minuten verrinnen.

Ihr Kollege steckt den Kopf zur Tür herein. „Susanne, kannst du mal kurz herauskommen?" Sie lassen den Verdächtigen allein zurück und betreten den angrenzenden Raum, in dem sie ihn durch eine Scheibe beobachten. Der junge Mann sitzt teilnahmslos am Tisch, starrt auf die graue Oberfläche und wischt in unregelmäßigen Abständen fahrig darüber, als ob er Staub entdeckt hätte.

Endlich räuspert sich der Polizist. „Es gab seit Freitag Morgen drei ungeklärte Todesfälle, die Pathologie ist wie üblich chronisch unterbesetzt, eindeutige Erkenntnisse dauern, bisher gibt es Vermutungen und die Aussagen aus der Notaufnahme, in der zumindest schon einmal der Tod bestätigt wurde." Er lacht heißer auf, seine Kollegin verzieht missmutig den Mund.

Mit einem Blick auf ein Blatt fährt er fort: „Ein Obdachloser, erfroren in der Innenstadt und eine Stichverletzung am Hafen, beide männlich. Dann eine Frau, alkoholisiert, unglücklich gestürzt, draußen in Fichtenberg. Nichts deutet derzeit auf ein Tötungsdelikt hin, die Untersuchungen werden erst durchgeführt. Wir müssen abwarten."

Die junge Polizistin blickt fortwährend durch die Scheibe. „Es wurde in der letzten Zeit ziemlich kalt, es ist Winter. Ich möchte ungern draußen übernachten.

Eine Nacht im Warmen und ein oder zwei Mahlzeiten würden ihm guttun." — „Wir sind kein Sozialamt. Er soll in ein Obdachlosenasyl gehen, die sind dafür zuständig." — „Du bekamst mit, was in Allenburg geschah. Der Leiter, der dort die hilfesuchenden Frauen missbrauchte. Das Heim ist geschlossen, bis es einen Nachfolger gibt. Das schlägt eine Lücke ins System, die anderen Unterkünfte sind völlig überfüllt." — „Und trotzdem sind wir nicht zuständig. Ich schlage vor, wir bringen ihn hinüber in die Pathologie, und wenn er beim Anblick der Toten weiterhin behauptet, er war es, übergeben wir ihn der Kriminalabteilung." — „Das bekommst du nie durch, die lassen uns nicht mit ihm hinein. Wir brauchen eine Genehmigung, die es ebenfalls frühestens Montag geben wird. So lange dürfen wir ihn keinesfalls hierbehalten. Dazu bemühte er sich derzeit zu wenig um ein mörderisches Verhalten." — „Die schulden mir was. Vor drei Wochen sammelte ich für die alle Leichenteile ein, nur damit die das Puzzel sauber zusammensetzen konnten, um es anschließend zu verbrennen. Es war widerlich. Die lachten. Sie wollten mich vorführen, ein Scherz unter Kollegen. Mit mir kann man es ja machen." — „Ich bin froh, dass ich zu der Zeit im Urlaub war, aber das ist Teil unseres Jobs. Wenn du glaubst, er zieht so sein unsinniges Geständnis zurück, dann versuchen wir es. Es wäre dazu nur ein kurzer Bericht nötig, am besten gar keiner, weil vom Besuch in der Pathologie darf keiner etwas wissen." — „So der Plan, Frau Kollegin." Er grinst hämisch. „Ansonsten setzen wir ihn irgendwo aus, du kannst ihm dann noch einen Döner spendieren." — „Wie einem räudigen Hund." Er zuckt hilflos die Schultern. „Gut, wir bringen ihn zu den Toten, vorher möchte ich mir allerdings anhören, was er zu sagen hat." Ihr Kollege gibt nickend seine Zustimmung.

Im Verhörraum platzieren sich die beide gegenüber dem Verdächtigen und starren ihn mit einer lang geübten strengen Miene eindringlich an. „Sie behaupten, einen Mord begangen zu haben", setzt der Polizist an, seine Kollegin gibt ihm unter dem Tisch einen beschwichtigenden Schubs. Der lehnt sich widerwillig zurück und deutet mit einer lässigen Handbewegung an, dass es ihr Verhör ist.

Sie räuspert sich und schenkt dem Gegenüber Wasser aus einer Karaffe in ein Glas und füllt sich selbst ebenfalls eines. Der vermeintliche Täter trinkt gierig aus und reicht es ihr zum Wiederbefüllen, sie kommt der unausgesprochenen Aufforderung gerne nach. Sie hat das Bedürfnis, ihm zu helfen.

„Was trieb sie dazu, freiwillig zu uns zu kommen", beginnt sie, er schaut sie mit großen Augen an und schweigt. „Sie sagten, es geschah am Freitagabend, nun sind vierundzwanzig Stunden vergangen, das ist eigenartig. Welchen Grund gibt es dafür?" Ihr Gegenüber schweigt weiter, plötzlich sprudelt es aus ihm heraus. „Sie will mich fertigmachen", sein Kopf zuckt nervös. „Ich sah sie an dieser Bushaltestelle stehen, ich hing dort herum. Sie zog ihr Smartphone heraus, ihr Gesicht war erleuchtet. Sofort erkannte ich, es ist das neueste Modell, das kostet achthundert Euro, da war ich nicht mehr zu halten, das hätte ich mir auch gekauft, doch ich bin derzeit knapp bei Kasse. Ich konnte gar nicht anders. Es war kein Mensch zu sehen, wir waren allein, was hätte sie schon machen können. Sie bemerkte mich gar nicht, bis ich sie auf die Straße stieß. Sie ist blöd gefallen, das war unbeabsichtigt, es krachten Knochen und gleich war ein dunkler Fleck neben ihrem Kopf. Da kam jede Hilfe zu spät, die war sofort hin. Ich nahm mir das Handy, sonst hätte es ein anderer getan. Doch sie tat nur tot, sie verfolgt mich seitdem, vermutlich steht sie jetzt draußen vor der Tür, ihr könnt sie nicht sehen, ihr müsst mich beschützen, die ist zu allem fähig." — „Was tat sie ihnen denn an?" Er überlegt lange, holt Luft, hält inne, versucht es erneut und starrt die beiden hilflos an. „Ich sah sie nicht wirklich, trotzdem war sie immer da, das schwöre ich, sie ist unsichtbar und sie ist schlau, verdammt schlau."

Der Mann greift in seine Jacke, die beiden Polizisten zucken zusammen. Da Susanne ihn bisher für einen harmlosen Irren hielt, vergaß sie, ihn auf Waffen zu untersuchen, obwohl das vor Betreten des Verhörraums eigentlich üblich ist. Das war ein Fehler, ihr Einatmen ist kurz und heftig. Ihr Kollege versucht sich tiefer in seinen Stuhl zu drücken, um Abstand zu gewinnen, danach springt er trotzdem auf. Der Obdachlose begreift die Reaktion. „Bitte nicht erschießen", schreit er und hebt beschwichtigend die Hände so weit, bis die beiden das Smartphone aus seiner Jackentasche ragen sehen. Mit dem Ellenbogen deutet er darauf.

Die beiden nicken, er greift sehr bedächtig danach. Es ist das neueste Modell der teuersten Marke. Die beiden Polizisten entspannen sich. Er schiebt das Handy über den Tisch. „Das könnt ihr haben, ich will es nicht mehr. Ich gebe es zurück, dann muss sie mich in Ruhe lassen. Nun gehört es euch." — „Was sollen wir damit so lange unklar ist, wem wir es zurückgeben sollen? Sie kommen erst einmal mit in die Pathologie und identifizieren die Tote, danach klären wir, ob die Frau, die sie überfielen, wirklich tot ist oder nur verletzt. Mit einer Anzeige müssen Sie auf jeden Fall rechnen." Mit diesen Worten schiebt der Beamte das Telefon zurück und einen Schreibblock dazu. „Am besten schreiben sie schon einmal Name und Adresse auf. Haben sie einen Ausweis dabei?" Der verwahrloste junge Mann zögert. „Der steckt bei meinen Sachen. Dort steht die Adresse meines Vaters, da wohne ich schon lange nicht mehr." — „Aber ihren Namen kennen Sie." Ein vages Grinsen flackert im Gesicht des Angesprochenen auf, er nickt und schreibt. Danach schiebt er den Block zurück zu den Beamten und dreht ihn in die richtige Richtung zum Lesen. „Tobias Meier", liest sie, er nickt. Verzweifelt sucht sie nach weiteren Fragen, um das Vorhaben ihres Kollegen hinauszuzögern, es scheint ihr falsch. „Was taten sie seid dem?" — „Ich wollte einfach zu meinem Schlafplatz und abhängen, sie verfolgte mich." — „Wohin?" — „Wenn ich euch das verrate, müsste ich mir eine neue Bleibe suchen." — „Sie bliebt also nicht tot liegen." — „Doch. Also nein, nur kurz." — „Dann war sie lediglich verletzt." — „Ich weiß nicht, keine Ahnung." — „Sie sahen sie später an einem anderen Ort." — „Nicht wirklich, aber sie war da."

Die beiden Polizisten sehen sich genervt an. „Kommen Sie mit", bittet Susanne. Als der Verdächtige unwillig sitzen bleibt, packt ihn ihr Kollege am Arm und zieht ihn mit sich. „Reiner, bitte!", der lässt los und nun wehrt sich der Obdachlose. „Ich will keinesfalls hinaus. Erst wenn sie weg ist. Das ist unfair. Es ist euer Job, mich zu beschützen." — „Na, nun beruhigen Sie sich, wir passen auf Sie auf. Wir steigen in unseren Streifenwagen und damit entkommen wir dem Unheil." Amüsiert grinst Reiner seine Kollegin an. „Ich hole Ihnen einen Kaffee. Der wird Ihnen guttun." Susanne schert in den Seitengang aus und kehrt mit einem dampfenden Becher zurück, ihr Kollege wartet geduldig neben dem Verdächtigen. Der junge Mann nippt dankbar daran und zischt, als er sich die Lippen verbrennt. „Verdammt heiß, aber das tut gut. Danke, Frau Kommissarin." — „Ich bin keine Kommissarin, nur Polizistin." Sie lassen dem Obdachlosen Zeit, bleiben geduldig neben ihm stehen. Dezent weichen sie ein Stück zurück, um dem Geruch zu entkommen. Bisher sind die beiden keinesfalls überzeugt, einen Schuldigen vor sich zu haben.

Ich bin wirklich sehr müde, vielleicht schlief ich kurz ein, denn plötzlich kommt der Übeltäter den Gang herunter auf mich zu. Ich habe den Wunsch, mich zu verstecken, aber ich weiß nicht wo. So bleibe ich einfach sitzen und neige den Kopf nach unten, ohne ihn aus den Augen zu verlieren. Er wird von zwei Polizisten begleitet, links eine Frau, rechts ein Mann, die beiden grinsen sich amüsiert zu.

Ein Beamter packt beinahe sanft den Arm des Diebs und zieht ihn in einen Abzweig. Ich spurte hinterher und schlängle mich dazu durch die Besucher.

Das Trio verlässt das Gebäude, ich bin derart schnell an der Tür, das sie noch weit genug offen steht, um hindurch zu huschen. Die Beamten führen den Obdachlosen über den Parkplatz zu einem Einsatzfahrzeug, er öffnet die Hintertür mit einer einladenden Bewegung zum Dieb, sie steigt an der Fahrertür ein.

Die bringen ihn weg, warum, wohin, gestand er, wo ist mein Telefon? Ich laufe hinterher. Was soll ich nun machen? Sie steigen ein. Kurz überlege ich, öffne die zweite hintere Tür und setze mich neben den Dieb. Keiner beachtet mich. Wir fahren los. Warum fragt mich niemand, wer ich bin und was ich will? „Die sind cool", wende ich mich an den Typ, ich habe jetzt keine Angst mehr vor ihm, schließlich sind wir in professioneller Begleitung. Der Wagen biegt auf die Straße ein. „Wo geht es hin?" Niemand antwortet. Ich werde nervös. „Hast du den Diebstahl gestanden?" Ich fixiere ihn eindringlich, endlich sieht er mich an, danach geht alles viel zu schnell.

Wir halten an einer Ampel, der Dieb starrt mich an und schreit, reißt die Tür auf und springt hinaus. Warum kann er das? In Filmen ist das nie möglich. Vergaßen die die Kindersicherung? „Ihr ward echt eine Hilfe, Leute", sind meine letzten Worte zu den Gesetzeshütern. Ich springe ebenfalls aus dem Auto und verfolge mein Telefon, das sich hoffentlich immer noch in seiner Tasche befindet. Falls nicht, kann ich zurückkommen. Sie werden mich wiedererkennen und es mir geben, schließlich ist es über die Nummer mir zuzuordnen, eine Behörde kann das feststellen.

Die Ordnungshüter brüllen uns nach. Kurz drehe ich mich um, sie stehen neben ihrem Fahrzeug, alle Türen offen, Autos hinter ihnen hupen, eine schwarzhaarige

Frau schlängelt sich durch den Stau, plötzlich wendet sie den Kopf zu mir und lächelt, der Polizist hebt drohend die Hand gegen die störrisch hupenden, seine Kollegin ermahnt ihn zur Ruhe, dann blicken sie uns hinterher. Ich konzentriere mich wieder auf den Flüchtenden.

Sieht er nicht meine Wege und zählt alle meine Schritte? Bin ich gewandelt in Falschheit, oder mein Fuß geeilt zum Betrug? Gott möge mich wiegen auf rechter Waage, so wird er erkennen meine Unschuld!

Hiob 31, 4-6

6

--- Ich ---

Ich bin nicht der Sonnenschein,
ich bin wie der Regen.
Regen erträgt keiner jeden Tag,
aber wenn du der Ozean bist,
musst du dich nur an einen
anderen Geschmack gewöhnen.

Zu mehr fehlt mir die Zeit. Ich versuche den Dieb im
Auge zu behalten. Er verschwindet bereits um eine
Ecke. Zumindest den Straßennamen auf dem Schild
versuche ich mir zu merken, um die Polizeistation wieder zu finden. Hinter mir hupt es weiter. Endlich hole
ich auf, der Typ läuft auf einen schmiedeeisernen,
hohen Zaun zu, hinter dem Grünes eingesperrt ist. Wir
sind erneut am Park. Wenn der derart nahe ist, warum
brauchten wir so lange hier her? Für mich ein eindeu-
tiger Hinweis für seinen extrem verwirrten Geisteszu-
stand. Wollten die Beamten ihn in die Psychiatrie bringen? Vermutlich gehört er dort hin.

Er kennt sich hier aus, läuft eindeutig auf ganz be-
stimmten Wegen einem Ziel entgegen. Keine Parkbank kann ihn zur Rast locken, kein halb leerer Pizzakarton den Appetit anregen. An einem Pavillon hängen Leute herum, rauchen, trinken, hören Musik. Nun
sind die Nachtaktiven anwesend, sein Klientel. Er
spricht mehrere an, alle schütteln den Kopf und reichen ihm eine Flasche. Jemand möchte ihn herunter-

ziehen, zum Bleiben und Mitfeiern überreden. Er ist unruhig und nervös, geradezu hektisch, nimmt einen tiefen Schluck, möchte eine Zigarette schnorren, bekommt einen Zug. Ein Streit entfacht darüber, heftiges Gerangel, jemand stürzt und richtet sich mit blutiger Stirn auf. Der Dieb zieht unbeschadet weiter. Es gibt weitere Treffpunkte, an denen er Leute anspricht, ein wahrer Zickzack durch den Park. Endlich scheint er die erwartete Auskunft zu bekommen und eilt davon, ich hinterher. Was hat er vor?

Wir verlassen die Grünanlage. Über den Bäumen thronen die Lichter der Innenstadt, ich versuche mich zu orientieren und nehme mir vor, diesen Park zu googeln, so riesig wie er ist, sollte er zu finden sein.

Wir betreten ein neues Viertel, eine neue Welt. Es ist nüchtern und anscheinend extra hell erleuchtet, mit hässlichen kahlen Wohnblöcken aus den Siebzigerjahren. Eine Bausünde reiht sich an die andere. Vielleicht ist es so hell, weil diesem Baustil Ecken und Kanten, Erker und Türmchen, hinter denen sich Schatten verbergen könnten, fremd sind. Unterwegs fragt der Typ andauernd jemanden, er scheint hier bekannt zu sein. Die Laternen der Fahrstraßen weisen ihm den Weg, darüber bin ich froh, die Seitenwege sind bedeutend dunkler, auch die Gestalten, die überall vor den spärlich erleuchteten Türen stehen.

Plötzlich fällt mir auf, alle Leute sind männlich mit arabischem Background, deren Leben auf der Straße abläuft, das der Frauen vermutlich im abgeriegelten Küchenbereich. Sollte ich mich hier herumtreiben? Ich zögere, ich habe keine andere Wahl. Falsch, es gibt immer eine und meine ist die Verfolgung meines Telefons. Ich ziehe die Kapuze enger über den Kopf, bei der Dunkelheit werde ich sicherlich lediglich als huschender Schatten wahrgenommen. Ich lache und bewundere mein anscheinend neu entwickeltes Talent, mir Situationen passend zurecht zu fantasieren. Mutig streife ich die Kopfbedeckung in den Nacken zurück. Es ist besser, wenn mich jeder sofort als landestypische Frau erkennt, meine Erfahrung ist, dass wir als solche von arabischen Männern gar nicht ernst genommen werden, zu unabhängig, zu eigensinnig, mit eigenem Verstand. Mein Respekt gilt denen, die trotz Schleier ein selbstbestimmtes Leben führen, zumindest hoffe ich, dass es das gibt. Beruhigend beobachte ich, dass ich in der Tat unbeachtet bleibe. Erleichtert setze ich die Verfolgung fort.

Der vor mir wird langsamer und ruhiger. Habe ich etwas verpasst? Neugierig blicke ich mich um und bemerke nichts Ursächliches. Kahle Häuser, winzige Läden, dunkle Männer, das ist alles. Sofort rüge ich mich, weil mir das Wesentliche verborgen bleibt, da in einem dieser eintönigen Gebäude ein Dönerladen leuchtet, vor dem dunkle Gestalten herumhängen und der Handydieb strebt auf sie zu. Ich postiere mich in einer Hofeinfahrt gegenüber und bin froh, dass diese Architektur doch Winkel besitzt, in denen sich Schatten wohlfühlen. Ich zumindest erkenne kaum meine eigene Hand vor Augen. Dafür bemerke ich, der Dieb steht nicht zwischen den anderen, sondern in respektvollem Abstand.

Der verwahrloste Blonde in geduckter Haltung, die Angst oder zumindest Unwohlsein widerspiegelt. Er erweckt den Eindruck, als würde er sich in großer Not befinden. Jeder Personal Coach würde ihn darauf hinweisen, dass das keinesfalls das Bild ist, das er hier entstehen lassen sollte. Alle anderen Figuren strotzen vor männlicher Potenz und Selbstbewusstsein. Gestalten der Nacht. Mein Verfolgungsopfer ist das auch, allerdings befinden sich die anderen auf einem höheren Level.

Der, den er ansprach, gibt das Abbild jeglichen Klischees. Dazu gehört zu allererst sein schwarzer Trainingsanzug mit den obligatorischen drei weißen Streifen an den Seiten. Wenn ich näher dabei stehen würde, würde ich die Marke der Sneakers erkennen, obwohl ich selbst nie welche trage und damit keine Ahnung habe, welche zurzeit angesagt sind. Sein besitzen übertrieben hohe und ausladende Sohlen, die anscheinend unerlässlich für den Großstadtdschungel sind. Ich lache heiser. Der restliche, aber keinesfalls unauffälligere Teil der Figur, könnte einem Gangsterrappervideo entstiegen sein. Eine viel zu wuchtige Kette liegt um seinen Hals und wie soll es anders sein, ein kreuzartiges Objekt hängt daran derart groß und protzig, dass ich es sogar von hier unschwer übersehen kann. Gibt es einen Outfitstore für Gangster? Wenn, dann scheint es dort höchstens ein oder zwei Variationsmöglichkeiten zu geben. Ich schmunzle amüsiert, rufe mir aber sofort den Ernst der Lage ins Gedächtnis. Der Handydieb zeigt sich weiterhin ängstlich. Ich möchte ihm Mut zusprechen. Junge, das ist alles Show, auch wenn die gut ist.

Es folgt ein längeres Gespräch, in dem die Distanz Millimeter für Millimeter abgebaut wird. Mehrmals zuckt die Hand des Obdachlosen an seine Jackentasche und jedes Mal sinkt sie wieder. Einmal möchte er sich sogar umdrehen und gehen, dann überlegt er es sich anders. Vermutlich wird ihm in diesem Moment bewusst, der Einsatz ist höher, als er annahm. Nun bleibt seine Hand an der Jackentasche, schwebt kurz davor, greift hinein und zieht mein Handy hervor. Der Gangster betrachtet es wenig beeindruckt, geradezu abfällig. Auch das gehört zur einstudierten Rolle, da bin ich mir absolut sicher. Er ist gut. Sein protziger Silberschmuck funkelt im Licht, als er endlich danach greift. Der Dieb zuckt merklich zusammen, lässt schließlich los und kramt das Ladekabel hervor.

Vor Entsetzen erstarre ich, als ich begreife. Er will es verkaufen, schießt es mir durch den Kopf. An so einen widerlichen Menschen. Tatsächlich zückt der andere ein Bündel Geldscheine, nachdem er das Gerät eingehend untersuchte. Nun kann ich es vergessen, von dem bekomme ich es nie mehr zurück, der würde mir seine Schläger auf den Hals hetzen. Im selben Augenblick fallen mir die zwei jungen Männer in seiner Nähe auf, die den Deal gelangweilt beobachten. Ich ziehe mich weiter in den Schatten zurück.

Der Dieb schaut traurig auf den einen Schein, der ihm überreicht wird und abwartend zum Hehler, ob vielleicht mehr kommt. Eine resolute Handbewegung seines Gegenübers genügt, um ihn zurückweichen zu lassen. Halt, will ich schreien, der haut dich übers Ohr, ich habe bedeutend mehr dafür bezahlt und es ist fast neu. Kurz hält er inne, als ob er mich gehört hätte, dann dreht er sich um und läuft davon.

Wehmütig beobachte ich, wie sich mein harmloser Dieb eilig aus dem Staub macht. Allerdings schaut er in meine Richtung. Ich hätte ein hämisches Grinsen erwartet, doch er wirkt viel zu ängstlich, auch er fällt in diesem Viertel auf, zu blond, zu verwahrlost, zu ärmlich.

Ein Ruck geht durch meinem Körper, die Macht der Gewohnheit gibt den Befehl, ihm hinterherzueilen, wozu? Ich halte inne, er lächelt. Das macht ihn ungewöhnlich sympathisch. Zaghaft hebe ich die Hand zum Abschied. Täusche ich mich, oder wollte er es mir gleichtun, zumindest zögert er. Innerlich verspotte ich mich für mein Verhalten, schließlich verliere ich keinen guten Freund. Ein heiseres Lachen entfährt mir. Schon ist er verschwunden, aus der Straße und aus meinem Leben. Mir kommt es vor, als hätten wir die Hälfte davon gemeinsam verbracht.

Blödsinn. Laut Studien entwickelt das Entführungsopfer zu seinem Entführer ein geradezu inniges Abhängigkeitsverhältnis, bei dem alles Erlittene als gut und richtig akzeptiert wird. Vermutlich erlebe ich gerade dasselbe Phänomen. Ich verhalte mich also ganz normal. Ein letztes Mal werfe ich einen Blick die Straße hinunter, dorthin, wo er längst verschwunden ist.

Der Gangster mit seinen beiden Adjutanten stehen weiter untätig herum. Mein Telefon ist längst nachlässig in irgendeiner Tasche verschwunden. Die drei erwecken den Eindruck, als würden sie alles kontrollieren, eine geradezu göttliche Präsenz. Keine Ratte könnte sich an ihnen vorbeischleichen. Einer plötzlichen Eingebung zu folge, scannt mein Blick sie auf Waffenbesitz und irgendwelchen eigenartigen Beulen an der Kleidung. Wenn, dann bin ich zu ungeübt. Die einzige Waffe, die ich je sah, war bei einem Überfall in einem Urlaubsland. Dieser Vorfall verfolgte mich über Jahre und die Angreifer haben sicherlich einen gesegneten Schlaf, obwohl ich keinesfalls ihr einziges Opfer war. Auch damals waren es drei, ist das die magische Gangsterzahl? Steht sie im Lehrbuch für Räuber, einer uralten Pflichtlektüre aus den Anfängen der Menschheit? Die Pistole damals war derart zerkratzt, dass ich sie für eine Attrappe hielt, meine Freundin erklärte mir später, er warf einzig und allein mit geübter Bewegung eine Patrone aus, um meine Skepsis zu beseitigen. Dazu war ich zu naiv. Er hielt mich vermutlich für wahnsinnig abgebrüht. Vielleicht bewahrte uns das vor Schlimmeren. Der Schock genügte mir. Ich will das keinesfalls noch einmal erleben. Erneut wandert mein Blick ihre Körper hinauf und hinunter, die Naivität von damals macht mich auch heute für jede Auffälligkeit blind. Ich seufze und versuche mich zu beruhigen, um die neue Lage besser einzuschätzen.

Da entdecke ich sie, die Lady in Black. Am Fenster des Lokals ist ein Brett als Tisch angebracht, dahinter Barhocker. Auf einem sitzt sie und schaut zu mir herüber. Wie lange schon? Begreift sie, in welcher Situation ich mich seit Freitagnacht befinde, was ich seit dem durchmachte und was soeben geschehen ist? Wie sollte sie, sie ist zwar eine gehäufte, dennoch zufällige Begegnung. Wenn ich die Sache überstanden habe, werde ich in diese Gegend der Stadt zurückkehren, vielleicht begegnen wir uns wieder, können entspannt einen Kaffee zusammen trinken, ich erzähle ihr alles und wir lachen darüber. Ich werde dabei ein neues Handy zücken und unbekümmert damit hantieren. Nein, durch dieses Ereignis werde ich mich in meiner freiheitlichen Lebensweise keinesfalls einschränken lassen. Wie so oft bin ich ausgesprochen froh, dass ich vermutlich auf der Toilette saß, als die Angst verteilt wurde. Doch in den letzten Tagen spürte ich das eine oder andere Mal einen gewaltigen Hauch davon, besser gesagt, sie blies mir ins Gesicht und ließ mich zurückweichen. Ich sollte das Erlebte verinnerlichen und daraus lernen. Nicht, um ängstlicher zu werden, sondern umsichtiger.

Ich blicke mich um, niemand sonst bemerkt mich, sie schon. Und niemand beachtet sie. Bei mir ist das üblich. Ich schaue an mir herunter. Seit Freitag laufe ich in derselben Kleidung herum. Instinktiv hebe ich die Achselhöhle an meine Nase und schnüffle, ich rieche nichts. Sie lacht, ich auch. Ja, wir sollten uns unbedingt unter anderen Umständen wiederbegegnen. Sie ist einfach zu cool, da können die Jungs vor dem Laden keinesfalls mithalten. Die sehen dies natürlich anders, wenn sie gewahr werden würden, wie lächerlich sie sind, könnten sie extrem gefährlich werden.

Sie sollte beachtet werden. Wie können Männer diese mit dünnem Leder umspannten Kurven übersehen? Ich lächle ihr zu. Mit ihrem pechschwarzen Haar passt sie in das Umfeld, allerdings hätte ich hier Frauen unter Schleiern erwartet. Im selben Moment rüge ich mich wegen dieses Vorurteils, trotzdem schweifen meine Überlegungen weiter in diese Richtung ab. Vielleicht gehört sie einem der Männer, einem sehr mächtigen und deswegen wagt es keiner, sie anzusehen. Irgendein alter, reicher Geschäftsmann. Alte Säcke und junge, attraktive Frauen, das würde passen. Andauernd diese Vorurteile, ich schüttle den Kopf, außerdem wirkt sie keinesfalls wie der Besitz eines Mannes. Sie lächelt herüber, als würde sie meine Überlegungen verfolgen und sich darüber amüsieren. Mein Blick wandert hinunter und nun muss ich schallend lachen, ihre Füße sind immer noch nackt. Plötzlich löst sich die Anspannung in mir. Sie gibt mir ein Gefühl der Sicherheit, mit ihr kann mir nichts geschehen, egal wo ich bin.

Du bist mein Schutz und mein Schild,
ich hoffe auf dein Wort.
Weichet von mir, ihr Übeltäter! ...
Erhalte mich nach deinem Wort, das ich lebe,
und lass mich nicht zuschanden werden
in meiner Hoffnung.
Stärke mich, dass ich gerettet werde,
so will ich stets Freude haben an deinen Geboten.
Du verwirfst alle, die von deinen Geboten abirren;
denn ihr Tun ist Lug und Trug.
Du schaffst alle Frevler auf Erden weg
wie Schlacken,
darum liebe ich deine Zeugnisse.
Ich fürchte mich vor dir,
dass mir die Haut schaudert,
und ich entsetze mich vor deinem Urteilen.
Ich übe Recht und Gerechtigkeit;
übergib mich nicht denen,

die mir Gewalt antun wollen.
Tritt ein für deinen Knecht und tröste ihn,
dass mir die Stolzen nicht Gewalt antun!
Meine Augen sehnen sich nach deinem Heil
Und nach dem Wort deiner Gerechtigkeit.
Handle mit deinem Knecht nach deiner Gnade
Und lehre mich deine Gebote.
Ich bin dein Knecht: Unterweise mich,
dass ich verstehe deine Zeugnisse.
Es ist Zeit, dass der HERR handelt;
Sie haben dein Gesetz gebrochen.
Darum liebe ich deine Gebote
mehr als Geld und feines Gold.
Darum halte ich alle deine Befehle für recht,
ich hasse alle falschen Wege.

Psalm 119, 114-128

Der Dealer

7

Ich zerquetsche dich
verbal an der Wand.
Ich zerhacke dir
platonisch die Gedärme.
Ich erwürge dich
mit Schweigen und Verachtung.
Ich lasse dich leben,
aber glaube mir,
du würdest lieber sterben.

Die drei Jungs, unter ihnen der Anführer und neue Besitzer meines Telefons, begeben sich in den Laden und werden dort wie gute Freunde begrüßt. In meinem Kopf formt sich ein neuer Name für ihn: Dealer. Dieses Mal knalle ich sofort die gedachte Tür zu, durch die sich mein Gewissen mit einem übergroßen Schild *Vorurteile* zwängen möchte. Der dort drüben ist selbst schuld, wenn er mit seiner Aufmachung jegliches Klischee erfüllt. Warum kleidet er sich nicht in eine lila Latzhose und einem handgestrickten Pullover und trägt das wirre Haar nachlässig zusammengebunden? Damit könnte er trotzdem ein Dealer sein, allerdings mit billigem Gras zur Freude und Bereicherung seiner Kunden.

Der dort drüben sitzt vermutlich jeden Tag zur Maniküre, Rasur und zum Spitzenschneiden im Barbershop, seine Frisur wurde mit viel Pomade gestylt. Ich gestehe meinem Gewissen zu, den spontan gewählten Namen in diesem frühen Stadium unserer Bekanntschaft als Arbeitstitel zu verwenden. Es grummelt, trotzdem setzt es sich vorerst in eine Ecke meiner Gehirnwindungen. Dort lauert es, doch ich kann mich wieder auf mein Umfeld konzentrieren.

Ich bin mir sicher, er fragte gar nicht danach, doch sofort wird ihm eine gerollte Pizza überreicht. Anscheinend ist er dort Zuhause. Seine Ringe funkeln im Neonlicht, die beiden Bodyguards ..., bei dieser gedachten Bezeichnung will mein Gewissen aufspringen, ich remple es wie zufällig um. Die Adjutanten, auch kein besseres Wort, bekommen keine Pizza und nehmen dessen ungeachtet lässig auf den Stühlen an der linken Wand zu beiden Seiten eines kleinen Tischs Platz. Gegenüber sitzt an der gleichen Formation ein alter Mann mit tiefen Falten im dunkeln Gesicht und einer Gebetskette, deren helle Perlen geübt durch seine knochigen Finger gleiten. Neben ihm steht eine leere Glastasse. Der Inhaber bringt den beiden links Gläser und schenkt auch bei seinem anderen Gast Tee ein. Der Alte nickt dankend. Eine geradezu idyllische Szene, wie aus einem Urlaubsvideo.

Schon löse ich mich aus dem Schatten der Hofeinfahrt und schreite selbstbewusst über die Straße. Das Lächeln der schwarzen Frau wird zu einem breiten Grinsen, das beflügelt mich geradezu.
Trotz des kalten Winterabends steht die Tür offen, Wärme strömt mir entgegen. Im selben Moment, in dem ich den Laden betrete, hebt der Käufer meines Telefons die Hand zum Gruß und schreitet durch die

Küche zum Hinterhof hinaus. Ich werfe der schwarzen Frau einen kurzen Blick zu, sie scheint zu nicken und eile hinterher. Außer ihr beachtet mich keiner und ich ignoriere etwaige Proteste des Inhabers, derzeit interessieren mich gesundheitliche Bestimmungen nicht. Es kommen keine Beschwerden.

Draußen ist es dunkel, kein Licht flackert pflichtbewusst bei Bewegung auf. Trotzdem erkenne ich, der Hof ist überraschend groß. Vorerst werde ich von unzähligen Mülltonnen ausgebremst, deren Reihe an der Tür beginnt, natürlich ordentlich nach Farbe sortiert. Ärgerlich zwänge ich mich daran vorbei, bevor ich meinen Blick auf die Suche schicken kann. Wo ist er? Wie konnte er so schnell verschwinden? Meine Augen verengen sich zu Schlitzen bei der anstrengenden Suche. Kein schwarzer Schatten huscht herum. Er bemerkte mich und verbirgt sich irgendwo, ist mein erster Gedanke, dann lache ich heiser auf. Wieso sollte sich ein derart cooler Dealer vor mir verstecken? Außerdem weiß er nichts von mir. Es wird eher selten geschehen, dass der frühere Besitzer im wahrsten Sinne des Wortes an der Hehlerware klebt. Ich war zu langsam. Enttäuscht seufze ich auf, mir ist zum Heulen, Erschöpfung überkommt mich. Ein Rest Hoffnung treibt mich einige Schritte von der erleuchteten Tür weg, zu mehr reicht es nicht.

Schlurfende Schritte lassen mich herumfahren. Es ist der Alte mit der Gebetskette, hinter ihm suche ich die Lady im schwarzen Leder, da ich ihn bereits zu dem mächtigen Geschäftsmann machte, der eine junge, attraktive Frau besitzt, doch dort ist niemand. Ohne mich zu beachten, schleppt er sich vorbei. Enttäuscht blicke ich hinter ihm her, eine innere Leere droht mich aufzufressen. War nun alles umsonst?

Der Greis findet seinen Weg im Dunklen, er strebt einer Haustür auf der gegenüberliegenden Seite des Hofs zu und drückt sie auf. Licht flackert im Eingang, die Tür knallt hinter ihm ins Schloss. Dieses Geräusch steht für nach Hause kommen. Wann wird es wieder hinter mir erklingen?

Durch die Scheiben sehe ich ihn mühsam die Stufen erklimmen und im Hochparterre, ich erkenne nur noch seine Beine, in der Hosentasche kramen. Er entschwindet meinem Blick, um einen Moment später in einem schwach erleuchteten Fenster zu erscheinen. Eine alte Frau sitzt am Tisch, ich vermute es, denn der Ausschnitt zeigt nur ihren Oberkörper. Er lässt sich ihr gegenüber nieder. Sie schauen aneinander vorbei, jeder betrachtet seine eigene Welt, welch traurige Zweisamkeit.

Eine Geräuschkulisse überrollt mich wie eine Brandungswelle. Helles Kinderlachen sind die kleinen Schaumkronen an der Spitze, darunter die freudige Erregtheit von Frauen, die übermütig miteinander schwatzen, untermalt von tiefen Männerstimmen und einem scharrenden Unterton.

Die Kleinen sehe ich zuerst, sie stürmen in den Hof, der sofort zur Bühne für ein Stück wird, das einzig und allein in ihren Köpfen existiert. Erst dadurch erkenne ich den Durchgang zur Straße, dort hinaus muss der Dealer entflohen sein. Ich würde mich nach vorne beugen, um hindurch zu schauen, doch die Flut ist zu mächtig und überrollt meine Gedankenwelt. Ein Junge, der noch keinen Meter misst, stürmt vorbei, im Vertrauen auf bekannte Wege. Allerdings scheint er mehr zu sehen. Seine Worte sind für mich unverständlich, dass er überall Neues und Aufregendes entdeckt, ist auch so eindeutig. Er stoppt, hebt etwas auf, betrachtet es eingehend und steckt es in den Mund. Ich erwarte züchtigende Worte aus den Reihen der Erwachsenen, doch die sind beschäftigt. Ein kleines Mädchen traut sich weiter in die Dunkelheit vor, plötzlich bleibt es unsicher stehen und wendet sich dem Jungen zu. Der übernimmt sofort die Rolle des Entdeckers, läuft an ihr vorbei, alle Kinder hinter ihm her. Sie verlieren sich im hintersten Bereich des Hofs, wo ich einen winzigen Rasenfleck mit Wäscheleinen erkenne, zumindest die Eisenstangen stechen schwarz hervor.

Drei Frauen ziehen und schieben einen Leiterwagen, das scharrende Geräusch kommt von den Rädern, die unter einer schweren Last ächzen. Endlich wird meine Erwartung erfüllt, alle sind verschleiert, trotzdem ist es kein Grund zur Freude. Diese Verschleierung erscheint mir jedes Mal wie die Gitter einer Gefängniszelle. Ein Landsmann erklärte mir einst, er achte es hoch, wenn eine Frau sich für den Mann ihrer Bestimmung aufspart. Finde ich toll, antwortete ich ihm, auch ihr solltet Schleier tragen, um einzig und allein für eure Frauen sichtbar zu sein. Schon das Wort aufsparen ließ Wut in mir aufsteigen, wie wenn sich irgendein Körperteil abnützen würde, wenn es von zu vielen gesehen wird. Ich blocke diesen Gedankengang ab, da ich jedes Mal zu sehr in Rage gerate, wenn Frauen beherrscht werden und schlimmer, wenn ich beobachten muss, wie die es zulassen, als sei es ihre gottgegebene Bestimmung.

Ich schüttle den Kopf, um diese Überlegungen loszuwerden. Dies ist unnötig, den sie werden von der
Freude, die dort verbreitet wird, weggeschwemmt. Sie
schwatzen durcheinander, zwischendurch gilt ein lauter Ruf den Kindern, die nicht darauf reagieren. Unbeirrt wird weitergeplappert.

Die Männer folgen gelassener, schweigend oder in
leise, gewichtige Gespräche vertieft. Der Karren steht
inzwischen vor dem erleuchteten Fenster der beiden
Alten. Einer der Männer reckt sich nach oben und
klopft. Als die Bewohner herausschauen, winkt eine
der Frauen freudig. Die Alten öffnen und lehnen sich
heraus. Ihre abwesend nach innen gerichteten Blicke
sind verschwunden, Freudenfalten zieren nun ihre
Augen.

Der Greis verschwindet vom Fenster, zwei Männer
eilen ins Haus, gefolgt von der Schar Frauen. Einen
kurzen Augenblick später erscheinen alle als Silhouet-
ten in der erleuchteten Wohnung. Nun werden Töpfe,
Schüsseln, Tüten und Körbe hinaufgereicht und auf
dem Fenstersims abgestellt, die Frauen sind damit
beschäftigt, ihre Köpfe zu entblößen. Oben werden die
Gaben in Empfang genommen. Der energische Ruf
eines Mannes lässt die Kinderschar heran und ins
Haus eilen, die Tür fällt ins Schloss. Immer mehr Köpfe erscheinen in dem Zimmer. Der Alte vertieft sich in
ein Gespräch mit den Männern, einem legt er dabei
die Hand auf die Schulter, die anderen nicken.

Die Frauen eilen aufgeregt herum, ein Stapel Teller
wird verteilt, Besteck folgt, Schüsseln und Töpfe werden günstiger positioniert, Körbe herumgereicht, Tüten

entleert. Die Köpfe der Kinder tauchen überall auf und ab.

Mindestens eine halbe Stunde herrscht völliges Chaos dort drinnen, dem sicherlich ein mir unbekanntes Streben zugrunde liegt, denn plötzlich sitzen alle, ich sehe lediglich die eng gedrängten Oberkörper der Erwachsenen. Teller werden mit dem Inhalt der Töpfe befüllt und herumgereicht, Gläser verteilt und Tee ausgeschenkt. Hunger habe ich keinen, aber bei diesem Anblick bekomme ich Appetit. Münder bewegen sich, beschäftigt mit Kauen und Reden. Ein Mann hebt einen kleinen Jungen schwebend über den Tisch, er darf sich ein Stück Brot aus einem Korb nehmen. Ein Mädchen reckt bettelnd die Hände hoch, der Kleine reicht es ihr weiter und angelt erneut. Der Arm seines vermeintlichen Vaters wird nicht müde, bis alle mit Brot versorgt sind. Beim Landeanflug des Jungen gerät die Lampe gefährlich ins Schwanken, ein anderer Mann bringt sie zur Ruhe. Die Alte erhebt sich und öffnet den Kühlschrank. Dort herrscht Überfluss. Sofort erscheint die Leere meines eigenen vor meinem geistigen Auge. Mit einem Seufzen beschließe ich zum wiederholten Mal das zu ändern, wenn ich dieses Abenteuer endlich überstanden habe und mein Zuhause genießen kann, wo es bedeutend stiller sein wird.

Noch kann sich mein Auge nicht sattsehen an dem begrenzten Ausschnitt von glücklichem Familienleben, das ich so nie kennenlernte. Es wird gekaut, geschwatzt, getrunken und gelacht. Teller hochgehalten und neu befüllt, Tee nachgeschenkt, Brot von einer Frau verteilt. Sofort springt der Kleine von vorhin ins Bild, um darauf aufmerksam zu machen, dies sei seine

Aufgabe, dieses Mal lässt ihn niemand über den Tisch fliegen. Es wird ihm ein anderes Gebäck gereicht, freudig hält er den Teller hoch, die Mutter leckt sich danach die Finger ab, der Junge kaut nickend. Zwei Mädchen springen auf, möchten dasselbe und bekommen es. Wieder leckt sich die Frau abschließend die Finger und holt sich ebenfalls eines der begehrten Teile. Eine andere hebt das Backwerk hoch und beide begutachten es, um anschließend zufrieden zu nicken.

Ein Mann hält seinen Teller hoch und ihm wird Fleisch nachgelegt, weitere schnellen nach oben, Reste werden zusammengekratzt und verteilt. Eine Frau erhebt sich und nimmt ein Kind auf ihren Schoß, das bald an ihrer Schulter einschläft. Ruhig unterhält sie sich mit den anderen.

Zwei Männer kommen zum Fenster, öffnen es, sofort dringt die Geräuschkulisse zu mir herüber und die Wärme verwandelt sich zu Dampf, der eilig entflieht. Sie zünden sich Zigaretten an und blasen den Rauch dem Dunst hinterher. Sie bekommen heißen Tee nachgeschenkt und gereicht. Beide nippen vorsichtig daran und stimmen einen Hochruf an, als der Alte einen Schrank öffnet und ehrfürchtig eine Flasche mit klarem Inhalt herausholt, dazu nimmt er kleine Gläser, soviel wie die Finger der anderen Hand fassen können. Freudig wird im alles am Fenster abgenommen, verteilt und eingeschenkt. Mit Kennermiene wird das Getränk verkostet, einer hebt die Flasche gegen das Licht und prüft fachmännisch den Inhalt. Nun werden Erfahrungen ausgetauscht, es scheint selbstgebrannter Schnaps zu sein. Der Alte nickt stolz und schenkt nach. Ein größerer Junge gesellt sich dazu, sein Begehren wird allerdings abgelehnt, enttäuscht zieht er ab und deutet bei einem grinsenden Jüngeren spielerisch einen Schlag auf den Kopf an. Sie balgen sich.

Die Frauen fangen an, den Tisch abzuräumen und für die Reste Platz im Kühlschrank zu finden. Während im Hintergrund das Geschirr gespült wird, steigt am Fenster weiter Rauch auf. Müde Kinder schmiegen sich in die Röcke ihrer Mütter, Teller klappern, in Töpfen wird gekratzt, Besteck scheppert, Tüten rascheln, leise, fremdartige Musik schwebt durch die Nacht. Einer der Männer singt dazu, ein zweiter stimmt ein. Die nächste Runde Schnaps wird verteilt und begutachtet, Zigaretten herumgereicht. Als der letzte Teller wieder ordentlich im Schrank steht, schenken die Frauen sich Tee nach und naschen das restliche Gebäck, die Kinder bekommen den einen oder anderen Leckerbissen in den Mund geschoben, Finger werden sauber geleckt.

Das anfängliche Chaos verwandelt sich zu einem Stillleben, allein der Maler fehlt, der es verewigt. Ruhe kehrt ein, Rauch steigt auf in die Nacht. Raue Stimmen singen leise Lieder. Die Netzhaut meines Auges hält es für später fest. Meine Ohren werden das Bild in meinem Kopf aufflackern lassen, wenn ich ähnliche Melodien höre, da bin ich mir sicher. So manches Mal bin ich erstaunt, welche Erinnerungen in den tiefen Archiven meines Gehirns schlummern und zu welchen Anlässen sie auftauchen.

Mein Blick ist weiterhin gebannt, mein Mund verzieht sich zu einem Lächeln. Auch wenn ich kein familiärer Typ bin, erscheint es richtig und gut. Erleichtert atme ich auf, so sieht Leben aus.

In meinem Kopf ist es ungewöhnlich still, eine kleine Ewigkeit. *Es war ein zu idiotischer Gedanke, den Alten für den Paten des Viertels mit einer äußerst attraktiven Frau zu halten. Manchmal habe ich eine allzu blühende Fantasie.* Ich lache laut auf, lache weiter und weiter, krampfhaft, Tränen laufen mir über die Wangen, danach fühle ich mich erleichtert.

Unschlüssig halte ich inne, dann wende ich mich energisch um. Ich sollte mich endlich der Lady in Black vorstellen.

Es ist eitel, was auf Erden geschieht: Es gibt Gerechte, denen geht es, als hätten sie Werke der Gottlosen getan, und es gibt Gottlose, denen geht es, als hätten sie Werke der Gerechten getan. Ich sprach: Das ist auch eitel.
Darum pries ich die Freuden, dass der Mensch nichts Besseres hat unter der Sonne, als zu essen und zu trinken und fröhlich zu sein. Das bleibt ihm bei seinem Mühen sein Leben lang, das Gott ihm gibt unter der Sonne.

Prediger 8, 14-15

8

Ich durchwandere die Ausgrabungsstätte
meiner Seele
Relikte aus vergangenen Zeiten,
unnütz, aber gut erhalten,
versunken wie Atlantis.
Ich setze die Segel
und breche auf
in die nächtliche Stille meiner Seele.

Erwartungsvoll grinsend kehre ich in den Dönerladen zurück, doch sie ist fort. Die Enttäuschung drückt mich auf den nächsten Stuhl, mir gegenüber sitzen die Bodyguards des Dealers. Die vergaß ich völlig. Kurz besinne ich mich. Vermutlich ist auch bei ihnen die Fantasie mit mir durchgegangen. Sie unterhalten sich leise in einer Sprache, die ich nicht zuordnen kann, der Ladeninhaber putzt die Theke, sein Tagwerk ist vollbracht. Geübt schabt er den Rest des Fleischs von dem langen Spieß. Nachdenklich überfliege ich die Tafel mit dem Angebot über ihm. Ich habe keinen Hunger, eigenartig. Über den beiden Jungs, ich wehre mich gegen die Bezeichnung Bodyguard, hängt eine Uhr mit orientalisch anmutenden, blechernem Zifferblatt. Halb sieben. Müde schließe ich die Augen. In meinem Kopf herrscht weiterhin Stille, das tut gut.

Als jemand den Laden betritt, schrecke ich auf, es ist der Dealer. Ungläubig starre ich ihn an. Glücklicherweise ignoriert er mich und winkt seine Bodyguards, da ist wieder das Wort, das ich vermeiden wollte, heraus.

Kurz bleibe ich wie versteinert sitzen, dann entflammt erneut meine Wut und lässt mich aufspringen, die Müdigkeit fällt augenblicklich von mir ab. *Er ist unschuldig, er kaufte es offiziell, er ist der berechtigte Besitzer*, schreit eine Stimme in mir auf. *Das ist mir völlig egal, ich renne seit Stunden diesem verdammten Telefon hinterher, ich will es haben, es gehört mir*, kontere ich. *Es geht ums Prinzip und um Gerechtigkeit. Es geht um meinen Frieden*, ertönt es wie ein Mantra in mir.

Wie hypnotisiert folge ich und ignoriere bewusst und erfolgreich, dass ich keine Chance gegen die Drei habe, auch nicht gegen einen davon, alle sind sie bedeutend kräftiger als der Dieb. Bei der Erinnerung an ihn wende ich mich in die Richtung, in der er verschwunden ist, ein leises Wimmern entweicht meinem Mund. Ist das etwa Trauer, schelte ich mich und schlucke es herunter, konzentriere mich auf die Männer vor mir und laufe hinterher.

Sie tauchen ein in das Labyrinth der Straßenschluchten, biegen um eine Hausecke nach der anderen. Längst habe ich keine Ahnung mehr, wo ich mich befinde, es interessiert mich nicht.

Die Verfolgung bringt mich außer Atem und mein Blut in Wallung. Die drei dort vorne entsprechen jeglicher Vorstellung von Bad Boys, sodass ich meiner Wut freien Lauf lassen kann. Kein schlechtes Gewissen regt sich. Es scheint mir vielmehr, als ob dieselbe Instanz nun mit der Peitsche hinter mir herläuft, um mich anzutreiben.

Ich brachte mich derart in Rage, dass ich übersehe, als sie anhalten. Viel zu nahe rücke ich an sie heran, doch sie unterhalten sich und sehen mich nicht. Auf der Party ärgerte es mich, weil ich wieder einmal in dunkelstes Braun gekleidet bin, abgesehen von den sonnengelben und orangen Farbklecksen auf meiner Bluse, jedoch in den letzten Stunden bin ich für diese Tarnfarbe bereits mehrfach äußerst dankbar gewesen. Erleichtert atme ich auf, drücke mich gegen eine Haustür und warte ab. Mein Atem geht viel zu heftig, ich fühle ein Brennen in der Brust und versuche mich zu beruhigen.

Jetzt hätte ich gerne etwas zu trinken, mein Mund ist trocken, die Kehle rau, die Atemluft entweicht als weißer Dampf meiner Lunge. Traurig blicke ich ihr hinterher, als ob das Leben aus mir strömen würde. Ich bin viel zu müde, um diesen Gedanken beiseite zu wischen. Verzweiflung steigt in mir auf, mit aller Kraft schlucke ich die Tränen herunter. *Du wirst nicht aufgeben!* Ich lausche auf eine resolute Antwort in mir, warte, warte länger, sie bleibt aus. Wo ist die Energie, die jedem Anfang innewohnt? Ich wollte mich neu erfinden. In den letzten Stunden scheint mir die Entscheidung über mein Leben aus der Hand genommen worden zu sein.

Schwäche zu zeigen ist keinesfalls mein Ding, schon gar nicht vor mir selbst, nun würde ich es gern. Einmal sollte ich es zulassen, es ausprobieren. Leiser Protest steigt in mir auf. *Ausnahmsweise, ich verspreche, es wird nicht oft vorkommen.* Wo ist der Protest nun, Stille. Mein Atem entweicht in einer großen, weißen Wolke. Da meine Knie zittern, sinke ich auf den Türabsatz.

Erneut entweicht eine Wolke, es fühlt sich gut an. Müde lehne ich die Stirn an die eiskalte Mauer. Es scheint, als würde mein Kopf mit dem Putz verwachsen. Ich schließe die Augen und sehe, wie sich Fäden aus meinem Körper zum Boden ausstrecken, es werden mehr. Es ist ein Kribbeln und Winden, wie wenn Tausende Würmer unter mir sind und mich anheben. Ich mache mich steif, zucke und wackle hin und her. *Gleichförmiger Freunde*, rufe ich den Würmern zu, es werden mehr. Die winzigen, blassen Maden verwandeln sich zu Strängen, bekommen Farbe, krallen sich fest und verhaken sich, sie wachsen an zu dicken, knochigen Wurzeln. Mein Halt ist sicher, gesichert, gefestigt für immer und ewig.

Ich lasse dich keinesfalls fort, erklingen Worte in mir, ich bin unfähig, den Kopf zu schütteln. *Wo ist das Mädchen mit dem Mut einer Löwin?*, versucht es die Stimme weiter, ich finde keine Antwort. Etwas fließt aus meinem Körper, ist es das Leben, das entweicht und im Boden versickert, ungenutzt, unwiederbringlich? Die Wurzeln graben sich weiter ein, mein Blut pulsiert in ihnen. Ehrfurchtsvoll halte ich den Atem an, verneige mich vor den Wurzeln und dem Leben darin. Nun werde ich durch die tiefsten Täler meines Geistes, meiner Seele streifen. Ich erwarte ein tomografisches Farbspektrum und werde überrascht. Staunend blicke ich mich um. Wo sah ich das schon einmal? War es der Grand Canyon oder High Cup Gill oder Quebrada de Cafayate? Ich winde mich durch sandsteinartige Formationen in rot-beigen Couleur, fließend weich für das Auge, steinhart bei Berührung, staubig. Unendliche ungenutzte Weiten ohne Leben, ohne Wachstum, nur Zerfall. Der Anblick schmerzt in meinen Augen, der Wind bläst Sand hinein, ich möchte reiben und kratzen, doch ich bin körperlos, handlos, dem Brennen hilflos ausgesetzt. Ist das die Hölle?

Dann plötzlich vor mir ein zartes, grünes Pflänzchen, vom Winde verweht. Ist es mein Wunsch, der sich manifestiert? Wird es überleben in dem kargen Gelände? Dem Umfeld meiner Seele, wird mir schlagartig bewusst. Wie ist es dazu gekommen? Wie konnte ich das zulassen? Ist es ein dauerhafter Zustand oder aus dem Augenblick geboren? Ich tendiere zu Letzterem, denn es spiegelt mein Äußeres wieder, die letzten Stunden zerren an der Substanz. Der Run durch die Stadt ohne Schlaf und Nahrung für Körper, Geist und Seele.

Mein Mund bemüht sich um ein Lächeln. Es steht ein Ausflug in die Esoterik auf meiner To-do-Liste? Ich denke, er beginnt.

Ich lasse dich keinesfalls fort. Du kannst mich nicht verlassen, schreit die Stimme erneut. Kurz bin ich gezwungen aufzutauchen, zum Luft holen. Ich atme ein, aus und erneut ein, so tief ich kann. Die Lunge ist prall gefüllt. *Meine Wurzeln reichen bereits weit nach unten, ich muss nur daran herabsinken.* Ich spüre, wie sie mir Halt, Stabilität und Festigkeit geben. Das tut gut. Ich fühle mich bis in die äußersten Spitzen hinein, sie dringen bereits durch die Steinplatten der Stufe und dem Asphalt in feuchtes weiches Erdreich vor, zufrieden lasse ich sie weiter wachsen. Vor mir reißt die Straße auf, anfangs feine Haarrisse, lediglich für mich sichtbar. Meine Wurzeln haben Kraft, stolz beobachte ich, wie sie über den Teer gleiten und sich in die Bordsteinkante gegenüber bohren. Die Risse werden breiter, bis da nur Kluft und Tiefe ist. *Ich verlasse dich nicht, ich gehe einfach.* Ich lasse mich fallen, erwarte einen Aufprall, werde von Luftströmung er fasst und getragen. Ich schwebe, wage die Augen zu öffnen, möchte vorwärtskommen, das Schweben wird zum Fliegen.

Es ist wie in einem Haus, in dem auf zwei Seiten Fenster geöffnet sind. Ein warmer Wind weht hindurch. Er trägt mich fort, ich muss nur loslassen. Eine äußerst angenehme Brise streift über meine Wangen und Haare, gierig recke ich ihr den Kopf entgegen. Sie umhüllt mich wie eine weiche Daunendecke. Ich öffne die Jacke und lasse sie ein. Sie bringt Blütenduft, der mich erfrischt. So wird bald mein Bett duften, wenn ich die Wäsche gewaschen habe. Zufrieden versinke ich darin. Bevor ich festen Boden berühren kann, fühle ich mich angehoben und fortgetragen. Ich schwebe durch die Nacht, Sterne funkeln, ich treibe auf einen großen blassgelben Mond zu, eine winzige Wolke wagt es vorbeizuziehen, ich winke sie heran und greife danach. Zusammen fliegen wir durch die Unendlichkeit des Universums.

Ergriffen halte ich den Atem an, dann stoße ich ruhig und gelassen die Luft aus meiner Lunge aus, bis ich völlig leer und leicht bin. Wie ein Ballon pralle ich sanft an Planeten ab. Es sieht aus wie das Spiel in einem Flipperautomaten in Zeitlupe. Ich erdulde das Stoßen, passe mich der Bewegung an, lasse mich treiben.

Es ist auch mein Leben, protestiert die Stimme. *Entspanne dich, wir beide wollen endlich nach Hause kommen, es weht mich dort hin.* Ich sinke tiefer, Ruhe und Zufriedenheit kehrt ein. Ich schwebe durch das Nichts, das schwärzer ist wie die Dunkelheit der Nacht. Die Wolke ließ ich längst los, ich benötige keine Führung mehr. Der Raum ist unendlich, die Freiheit berauschend, ich möchte sie auskosten bis zur Neige. *Lass uns weiter treiben, wer braucht ein Zuhause, wenn es derart viel Weite gibt. — Du könntest zerplatzen wie eine Seifenblase. — Sei nicht so ängstlich, genieße die Freiheit.* Ich tauche in Wasser ein, gehe unter in den Fluten, sinke tiefer und tiefer. Fische schwimmen vorbei und starren mich an, aus ihren großen, starren Glasaugen. Licht flimmert von weit oben herab, ich sinke weiter. Jeglichem Eigengewicht enthoben gleite ich über den Grund der Meere, riesige Krabben winken mir freundlich zu, eine Muräne schlängelt sich mit missmutig verzogenem Maul an mir vorbei. Rochen ebnen den Sand wie ein Platzwart den Rasen vor dem großen Spiel. Ich niste mich in einem Korallenriff ein und luge schelmisch hervor. Kleine, leuchtend blaue Fische knabbern an meinen Zehen, es kitzelt. Ein dicker roter Seestern beobachtet mich skeptisch, ich streichle ihn sanft. Das Loch im Riff, in dem ich sitze, ist gemütlich, ich blicke mich neugierig um. Es ist eine Höhle, die weiter in die Tiefe führt. Von unten strahlt schwaches Licht herauf, vorsichtig krieche ich hinein.

Gib den Halt nicht auf, warnt die Stimme, *es gibt kein Zurück. — Das schaffe ich. — Es geht weniger um das Schaffen als um das Wollen.* Sehnsüchtig blicke ich hinab. Die Strömung bringt das Licht zum

Funkeln, dazwischen plötzlich schwarze Fäden in anmutiger Wellenbewegung. Täusche ich mich oder weht dort unten schwarzes Haar. Durch die im Wasser schwebenden Strähnen glaube ich ein Gesicht zu erkennen, sie lächelt. Nun eine Hand, sie winkt mich zu sich. Ich wollte ohnehin ein Bierchen mit ihr trinken. Es sieht gemütlich dort unten aus. Bedächtig zwänge ich mich in den Durchgang. ... *es geht um das Wollen*, wehen Wortfetzen hinter mir her. Wollen, wollen, wollen. Dieses Wort wird zur klebrigen Spinnwebe, die mich festhält, ich zerre daran, sie ist stark, ich nicht, da über Stunden ausgelaugt. Ein letztes Aufbäumen, dann hänge ich erschöpft im Netz.

In meinem Kopf mischen sich die Bilder der soeben erlebten Familienfeier mit denen an meine bisherigen Wohnungen. Als Nomade des Arbeitsmarkts hatte ich schon viele, doch es sind schöne Erinnerungen. Es bereitet mir große Freude, ein neues Nest zu bauen und gemütlich auszupolstern, um dort von den Stößen und Widrigkeiten des Alltags sanft abgefangen zu werden. Bald wird meine neue Wohnung ein Zuhause sein. *Siehst du es nun, deine Heimat ist in dieser Stadt mit einer neuen Bleibe, einem neuen Job, einer neuen Zukunft.* Ein letzter Widerstand: Wo ist die schwarze Frau? Sie ist verschwunden. *Komm, reiche mir die Hand, hilf mir.* Das Licht dort unten erlischt. *Wo bist du?* Selbst wenn dort ihre Haare schweben, ich würde sie in der Schwärze des Abgrunds keinesfalls erkennen. Verwirrt und unschlüssig halte ich inne.

Lass es und kehre um, du wolltest dein Handy zurückbekommen. — Ich verlor nicht nur mein Telefon, *ich verlor auch meine Zukunft, mein Zuhause. Eigent-*

lich fand ich es noch nicht wieder. — Weil du es dort draußen suchst, aber es ist in dir, ganz tief unten. Hier brennt immer ein warmes Feuer im Kamin. Spürst du es? — Mir ist kalt. — Dann komm herauf. — Ich bin müde. — Du wolltest dich neu erfinden. — Das ist unnötig, ich reite soeben durch die Steppe meiner Seele, sie ist unendlich weit und friedlich, vielleicht in einem nächsten Leben. In diesem scheint mir die Freude abhandengekommen zu sein. Siehst du meinen Mund, er verlor sein Lächeln. — Freude hat nichts mit plakativem Grinsen zu tun. Sie ist die kleine Kerze, die das Dunkel deiner Seele erhellt, die niemals mehr verlischt, wenn sie einmal entzündet wurde. Siehst du sie? Am dunklen Horizont meiner geschlossenen Lider erscheint ein winziger Punkt, fasziniert beobachte ich, wie er sich nähert, sein Weg ist unsicher und schwankend, er wird größer und heller, er blendet mich, ich blinzle.

Öffne die Augen und lass die Zukunft herein, brüllt die Stimme in mir. Erschrocken springe ich auf und fühle sofort das lodernde Brennen in meiner Brust. Stöhnend presse ich die Hände darauf. Die Kälte lässt mich erzittern, fahrig schließe ich die Jacke und ziehe den Kragen enger. Wirre Traumfragmente kreisen in meinem Gehirn. Feuer, Wasser, Erde, Luft, die vier Elemente. Mit meinen Wurzeln tief im Boden erhebe ich mich in den Himmel, tauche ein in das Leben und spüre seine schmerzende Hitze.

Wo bin ich? Was mache ich hier? Plötzlich fällt mir alles wieder ein und ich drehe mich suchend herum.

Dann wird die Wüste zum fruchtbaren Lande
und das fruchtbare Land wie Wald geachtet
werden.
Und das Recht wird in der Wüste wohnen und
Gerechtigkeit im fruchtbaren Land.
Und der Gerechtigkeit Frucht wird Friede sein,
und der Ertrag der Gerechtigkeit wird Ruhe und
Sicherheit sein auf ewig, dass mein Volk in
friedlichen Auen wohnen wird, in sicheren
Wohnungen und in sorgloser Ruhe.

Jesaja 32, 14-18

9

Verhaftet im Staunen
verhaftet im Traum
selbst die dunkelsten Orte erhellt ein Licht
tief aus mir heraus
tief in mir drinnen
von außen her
Worte des Schweigens
Vertrauen getan
Hilfe gebären
Vergebung erzögern
Lachen im Tod
Steine zerschmelzen
Schrei ohne Laut
verhallt hinter Glas.

Die Bodyguards entfernen sich in unterschiedlichen Richtungen, der Dritte ruft etwas und verschwindet um die Ecke, einer lacht. „Es geht ums Prinzip, um die Gerechtigkeit und um mein neues Zuhause", brülle ich ihnen hinterher und trabe los. Kurz folgt mein Blick den beiden Gehilfen, dann konzentriere ich mich auf den Dealer. Er weiß, dass er Hehlerware kaufte, es ist mein Eigentum, jeder Richter würde das ebenso sehen und vor so einen werde ich dich zerren, egal wie viele Kämpfer du ins Feld führst.

Plötzlich hält er an, zieht einen Schlüsselbund aus der Tasche und öffnet die Tür, die wie jede in der kahlen, grauen Häuserfront aussieht, eintönig, die ganze

Straße hinauf und hinunter, bestrahlt durch das kalte, orange Licht der Straßenlaternen. Erstaunt betrachte ich es, da ich eine prachtvolle Villa oder zumindest ein Haus, wie das meiner neuen Arbeitskollegin erwartete. Durch mein Zögern knallt die Haustür hinter ihm ins Schloss und ich stehe draußen. Fluchend überquere ich die schmale Straße und suche die Fenster ab. Zu dieser Abendstunde sind beinahe alle erleuchtet.

Ich habe mich im wahrsten Sinne des Wortes ausgeschlossen. Es ist spät, soll ich nun die ganze Nacht hier draußen sitzen? Dazu ist es zu kalt. Geradezu wehmütig denke ich an die Wärme der U-Bahnstation und das leise Brummen des Elektroschranks. Gegenüber steht ein Container mit Bauschutt, ich klettere hinauf und setze mich auf den Rand, die Metallkante drückt unbequem in meine Oberschenkel. Da er gut befüllt ist, ziehe ich mich auf den Schutt zurück, von der Straße her kann mich keiner sehen und zwischen dem Schotter liegt weiche Isolierwolle, vielleicht Asbest, egal, es ist weich und warm und schmutzig bin ich vermutlich sowieso, anders kann es nach einer Nacht und einem Tag Herumtreiben unmöglich sein. Nach einigen Augenblicken finde ich es sogar gemütlich.

An die sorgfältig gepolsterte Containerwand gelehnt konzentriere ich mich auf das Haus, in dem der Dealer verschwunden ist. Systematisch scanne ich die Front. Wie ich bereits bemerkte, ist beinahe jedes Fenster erleuchtet, zu diesem Eingang gehören drei zur Rechten und drei zur Linken, danach zeigt eine Regenrinne den Übergang zum nächsten, farblich identischen

Haus an. Der Architekt richtete die Küche, das Wohnzimmer und ein Kinderzimmer zur Straßenseite aus,
an der Haustür spiegelt es sich.

Ganz rechts unten wird trotz fortgeschrittener Stunde gekocht, daneben sitzen ein Mann und zwei Halbwüchsige vor dem Fernseher, das letzte Fenster wird
lediglich vom Lichtrechteck der Tür erhellt. Soeben
springen die beiden Jungs in die Höhe, der ältere hebt
zumindest in Siegerpose die Arme. Es scheint ein
wichtiges Fußballspiel zu sein.

Links wurde bereits gegessen und nun geschäftig
geräumt, von der gesamten Familie, die restlichen
Fenster dieser Wohnung sind dunkel. Der Vater faltet
die Grundplatte eines Spiels auf, die drei Kinder ord-
nen eifrig die Figuren, die Mutter führt, gegen die Spüle gelehnt, ein Glas zum Mund und beobachtet die
Aufbauarbeiten, mit der freien Hand koordiniert sie
winkend und wedelnd.

Das Erdgeschoß liegt unter mir, ich könnte den Leuten in den Suppentopf starren. Im zweiten sehe ich
beinahe auf ebener Höhe hinein.

Links flackert ein Fernseher im leeren mittleren
Raum, die Küche ist dunkel. Im Kinderzimmer steht
eine Mutter vor dem Tisch, an dem ein Kind sitzt, sie
deutet auf ein Heft, das Mädchen nickt eifrig. Es sieht
aus, als würde hier trotz Wochenende etwas für die
Schule getan. Nun fällt mir auf, die Mutter trägt eine
Jacke und hält mit der zweiten Hand eine Schulterta-
sche fest, vielleicht muss sie zur Arbeit. Sie dreht sich
weg und ich sehe sie durch die geöffneten Türen den
Gang zur Wohnungstür gehen, das Licht im Treppenhaus leuchtet auf, sie steigt die Stufen herab und

schon steht sie auf der Straße. Sie schließt das Schloss an einem Fahrrad, das an der Hauswand lehnt auf und radelt davon.

Soeben möchte ich mich in korrekter Reihenfolge der Wohnung rechts unten zuwenden, als meine Aufmerksamkeit durch Bewegungen darüber abgelenkt wird. Der Kopf und Oberkörper des Dealers schwebt an der Küchentür vorbei. Ich bin sofort hell wach. Warum bin ich kaum müde, frage ich mich zum wiederholten Mal. Eigenartig.

Das Wohnzimmer ist erleuchtet, doch keiner ist zu sehen. Die Zimmertür öffnet sich, er taucht dort auf und spricht mit jemanden, er wirkt ungehalten. Wild fuchtelt er mit den Händen, dann lässt er sie resigniert sinken. Was geht dort vor sich? Er verlässt den Raum, der nun aus meiner Perspektive leer ist. Unerwartet leuchtet das Küchenfenster auf, er holt eine Packung Spaghetti aus einem Hängeschrank, nimmt etwas aus dem Kühlschrank, den er mit seinem Rücken verdeckt, eifrig hantiert er herum.

Mindestens eine halbe Stunde vergeht, als er mit einem Teller in das erste Zimmer zurückkehrt. Erneut redet er energisch auf jemanden ein. Er duckt sich aus meinem Blickfeld. Sein Gesprächspartner muss am Boden sitzen oder auf der Couch liegen. Die letzte Vermutung wird bestätigt, als ich mich aufrichte, so lang wie möglich mache, einen Kopf und Haarschopf erkenne, der auf der Armlehne ruht und sich langsam hin und her dreht. Dies scheint eine Absage zu signalisieren.

Erstaunt betrachte ich seinen veränderten Gesichtsausdruck. Er wirkt besorgt, blickt liebevoll nach unten, meine Neugierde ist geweckt. Fasziniert beobachte ich die Szene, von der ich lediglich die Hälfte zu sehen bekomme und versuche mir den Rest auszumalen, doch trotz aller Fantasie muss ich passen. Gespannt warte ich ab.

Völlig überraschend fliegt der Teller durch die Luft und knallt gegen die Wand, rote Soße und Nudeln folgen auf der Tapete träge der Schwerkraft. Sein milder Gesichtsausdruck ist verschwunden, trotzdem wirkt er beherrscht, als würde er das oft erleben. Anstatt sich um die befleckte Tapete zu kümmern, spricht er auf jemanden ein, der für mich weiterhin unsichtbar bleibt. Plötzlich zuckt ein Schatten über die Wand, die liegende Person springt auf, fettige Haarsträhnen fliegen durch die Luft. Es ist eine Frau, klein und sehr mager. Sie fuchtelt wild mit den dürren Armen, die aus den Ärmeln eines T-Shirts ragen. Ihr Auftritt ist kurz, denn bald muss sie sich erschöpft an die Wand lehnen, gleich neben der Tomatensoße. Der Dealer geht auf sie zu und möchte sie in die Arme nehmen, wieder erstaunt mich seine Handlung. Sie wehrt ihn ab, wobei sie sich zum Fenster wendet. Nun kann ich sie genauer betrachten, sie ist bedeutend älter als er, ihr Gesicht eingefallen, der Körper ausgezehrt. Könnte es seine Mutter sein? Ist sie krank? Ich schüttle den Kopf. Nein, dazu zeigte sie soeben zu viel Kraft. Beschwichtigend hebt er die Arme und redet auf sie ein, sie fuchtelt wild herum. Plötzlich der Wandel, sie schmiegt sich an ihn, reibt sich an seiner Brust wie eine rollige Katze. Verwirrt verfolge ich es.

Diesen Szenenwechsel gibt es noch zwei Mal: wildes Gestikulieren mit anschließendem Kuscheln. Eine

Theatervorstellung könnte nicht spannender sein, leider fehlt mir der Ton. Mit einem neuen Wandel wird sie handgreiflich und schubst ihn rabiat hinaus. Er will zurück, schüttelt vehement den Kopf, sie knallt die Tür zu, ich höre es, die Fensterscheibe vibriert. Ende des ersten Akts, der Vorhang fällt, das Publikum applaudiert.

Sie kommt zum Fenster, instinktiv ducke ich mich tiefer in meine neue Behausung. Sie drückt die Stirn an die Scheibe und genießt die Kühle, ihr Blick ist ins Leere gerichtet. Erleichtert entspanne ich mich, nun schließt sie sogar die Augen. Die Ruhe hält nur kurz an. Sie beginnt heftig an ihren Armen zu kratzen, dann dreht sie sich in den Raum, bückt sich und taucht mit einer Decke über den Schultern wieder auf. Ihre Bewegungen sind ruckartig und fahrig. Ein wenig erinnert sie mich an den Handydieb. Einen Moment später wirft sie die Decke von sich und kratzt wieder die Arme. Plötzlich hält sie inne und wendet sich der geschlossenen Tür zu. Ende des zweiten Akts, mir ist nicht nach Applaus.

Vorsichtig wird die einen Spalt aufgedrückt und der Dealer steckt den Kopf herein. Das Bild erstarrt, Unschlüssigkeit auf beiden Seiten. Zu gerne würde ich den Dialog hören. Angestrengt lausche ich, doch das ist unsinnig. Sie sind zu weit weg und Mauern und Glasscheiben dazwischen. Er wagt es einzutreten, sie wird erneut zur rolligen Katze. Was treiben die beiden dort oben? Er schüttelt den Kopf, allerdings weniger überzeugt wie vorhin. Sie redet auf ihn ein, er lächelt sogar. Sie drückt sich gegen seine Brust, er legt die Arme um sie, um sie nach einigen friedlichen Augenblicken von sich zu schieben. Er verlässt das Zimmer, sie schaut ihm erwartungsvoll hinterher. Ich ebenso, meine Neugierde lässt mich den Oberkörper nach oben recken. Beide starren wir auf den Gang hinaus.

Nachdem er wieder auftaucht, geht das Schauspiel viel zu schnell zu Ende. Sie hält ein Band hoch, schlingt es um ihren Arm, lehnt sich gegen die Wand und schließt die Augen. Er setzt eine Spritze an und drückt ihr den Inhalt in die Vene. Sie entspannt sich schlagartig, wankt zur Couch zurück und läss sich darauf und aus meinem Blickfeld fallen. Er bleibt an der Tür stehen und wirkt verzweifelt, anschließend verlässt er den Raum, die Bühne ist leer. Ich vermisse den abschließenden Akt.

Zuerst ist es enttäuschend, dann denke ich darüber nach, was ich soeben mit ansah. Das Wort Dealer bezog ich bisher auf Hehlerware und weniger auf Drogen. Er ist einer, aber anders als ich das annahm. Versorgt er eine suchtkranke Mutter? So scheint es.

Er taucht in der Küche auf und holt eine Milchpackung aus dem Kühlschrank, die er gierig leer trinkt, danach lehnt er sich gegen die Tür und starrt abwesend vor sich hin. Er wirkt erschöpft, ein ganz anderes Bild als auf der Straße zwischen den Bodyguards. Er nimmt den Topf vom Herd und schlingt im Stehen den Rest von Nudeln und roter Soße in sich hinein. Als der Inhalt anscheinend komplett in seinem Magen verschwunden ist, hält er inne und starrt zum Fenster. Plötzlich geht er darauf zu und blickt hinaus. Es ist viel zu dunkel, er kann mich unmöglich erkennen, allerdings schaut er genau zu mir her. Plötzlich öffnet er das Fenster. Ängstlich drücke ich mich zwischen den

Schotter und halte den Atem an. Ein wenig wünsche ich mir die natürliche Staubschicht des Handydiebs, um nur nicht aufzufallen. Stille, die sich aufbläht, die Grundgeräusche der Stadt übertönt und sich auch zeitlich massiv ausbreitet.

Wenn ich jetzt atmen wollte, würde die Luft dazu fehlen. Die Stille kämpft mit der Ewigkeit, letztere gewinnt. Mühsam kann ich mein heftiges Ausatmen dimmen. Erschrocken starre ich auf das erleuchtete Viereck mit der schwarzen Silhouette. Er blickt weiterhin in meine Richtung, bleibt reglos stehen. Endlich zucken seine Schultern und er schließt das Fenster. Zischend drücke ich die angestaute Luft heraus und atme heftig ein, die Lunge schmerzt.

Sein Gang ist müde, als er den Raum verlässt. Das Licht in der Küche verharrt in Stille und Einsamkeit. Durch die geöffnete Tür kommt ein kaltes Flackern, ein Fernseher läuft. Enttäuscht lehne ich mich in das weiche Dämmmaterial. Nun wird er einschlafen und was soll ich tun? Was mache ich hier? Der Wunsch, nach Hause zu gehen, scheint entschwunden, dieses Heim kaum noch Teil dieser Welt zu sein. Lethargisch blicke ich auf all die erhellten Fenster. Es sieht aus wie ein Adventskalender, die dunklen sind die ungeöffneten. Wann folgte ich das letzte Mal dieser Tradition? Es ist eine Ewigkeit her. Als junger Erwachsener kaufte ich mir später einen und fand die Schokoladenstückchen viel zu winzig. Ich lächle schelmisch, als ich mich vor der flachen Schachtel stehen sehe, die ich selbstverständlich ordentlich an die Wand hängte, alle Türen öffne und leer esse. Das war der letzte Versuch. Von da an kaufte ich sofort eine Tafel Schokolade und das nicht nur zur Weihnachtszeit. War es der Respekt vor den Eltern, der uns zur Zurückhaltung zwang oder war ich als Kind weniger gierig? Ich fühle der Erinnerung nach und komme zu dem Schluss, damals ging es nicht um das Essen von Süßigkeiten, sondern um das Abstreichen von Zeit bis Heilig Abend. Wir Kinder warteten ungeduldig und gehorsam vor der geschlossenen Wohnzimmertür, bis das Glöckchen läutete. Wie lange hielt sich diese andächtig zelebrierte Erwartung? Es müssen Erinnerungen aus frühster Kindheit sein, denn ich beschäftigte mich sehr bald mit ernsten, realen Themen.

Aus dem Augenwinkel nehme ich eine Bewegung in der Wohnung wahr und die Bilder meiner Kindheit verblassen. Mehrmals streift er durch den erleuchteten Flur, anfangs angekleidet, danach mit nacktem Oberkörper, dann wieder angezogen. Einen Wandel im Outfit kann ich nicht erkennen. Anschließend fallen die Vorhänge in diesem Theater endgültig, das Licht erlischt.

Ich lasse das Schauspiel Revue passieren, es hinterließ tiefen Eindruck. Nichts ist nur Schwarz oder Weiß, das wäre zu einfach, die ganze Welt besteht aus Grautönen. Ich eignete mir eine berechtigte Skepsis an, wenn mir jemand zu gut erscheint. Anders herum fehlt mir die Erfahrung. Lässt sich beständig schlechtes Handeln durch gute Taten ausgleichen oder gar tilgen? Ich halte die Luft an, denn soeben kommt mir ein ganz anderer Gedanke, für den bisher kein Platz war. Der Mann dort oben kaufte ein Handy, bei dem er davon ausgehen musste, dass es geklaut ist, dies reichte aus, um ihn in meiner Fantasie zum

Mörder, Zuhälter und Mafioso abzustempeln. Seit wann urteile ich so schnell aus dem Augenblick heraus? Das wird hoffentlich kein Teil beim neu Erfinden, ich sollte es im Auge behalten. Mir ist elend zu Mute. Hilflos blicke ich aus dem Container heraus. Wo ist die Lady in Schwarz, wenn man sie braucht?

Und verbirg dein Angesicht nicht vor deinem Knecht, denn mir ist Angst, erhöre mich eilends. Nahe dich meiner Seele und erlöse sie, erlöse mich um meiner Feinde willen.
Du kennst meine Schmach, meine Schande und Scham; meine Widersacher sind dir alle vor Augen. Die Schmach bricht mir mein Herz und macht mich krank. Ich warte, ob jemand Mitleid habe, aber da ist niemand, und auf Tröster, aber ich finde keine.

Psalm 69, 18-21

10

-- Aufgewühlt --

Ich zittere,

ich friere nicht.

Ich fühle mich wie eine übervolle Tasche

mit durcheinandergeratenem Inhalt

und öffnest du den Reißverschluss

quillt alles heraus

und nie würde es wieder hineinpassen.

Ich fühle mich wie ein Stück Metall

ins Feuer geworfen

das Feuer reinigt

aber ich spüre nur das Brennen.

Ich muss dieses Gefühl kontrollieren

sonst frisst es mich auf

von innen.

So viele schöne Dinge sind geschehen

zu viele

für einen einzigen Tag.

Erschrocken fahre ich hoch, als sich unten die Haustür öffnet, doch es sind fremde Personen. Das klingt irrsinnig, denn ich kenne überhaupt niemanden dort. Ich bin Außenstehende.

Erneut bewegt sich die Eingangstür und dieses Mal ist es wirklich der Dealer in frischer Kleidung und mit nassen Haaren, trotz der winterlichen Temperaturen. *Oh Junge, mach das nicht zu oft,* steigt ein besorgter

Gedanke in mir auf, den ich umgehend verscheuche. Nervös warte ich, bis er ausreichend weit entfernt ist, bevor ich aus dem Container klettere. Eine Dusche hätte mir sicherlich ebenfalls gutgetan. Sorgfältig klopfe ich den Staub aus meiner Kleidung, betrachte meine Designerjacke, ein absolutes Lieblingsstück, seit Jahren achtsam gepflegt, seufze und konzentriere mich auf die Verfolgung.

Er hat es nicht eilig und schlendert wohl zum gewohnten Vergnügen am Samstagabend. Sein Weg führt ihn ins Licht, so könnte man es nennen, denn die Straßen sind bald gesäumt von Lokalitäten jeglicher Art. Vor einer Kneipe steht eine große Menge, jeder hält sich an seinem Glas fest und checkt mit der anderen Hand die Eingänge auf dem Handy. Die besitzen noch jeder eines. Der Dealer, ich sollte ihm einen anderen Namen geben, denn er ist keiner, sondern offensichtlich der, an den er sich in diesem Augenblick wendet. Nur mir fallen die Geldscheine auf, die von – nennen wir ihn Mister X – gegen ein winziges Päckchen getauscht wird. Ist es der Nachschub für seine Mutter? Schon läuft er weiter die Straße entlang zu einer Kneipe, die spärlich besucht ist.

Nun verwandelt er sich wieder zum coolen Typen, wird lässig begrüßt und unterhält sich distanziert, selbstbewusst, überlegen. Zu früh beschwerte ich mich über den fehlenden letzten Akt, allerdings bin ich in ein völlig anderes Stück geraten. In diesem Moment bemerke ich, dort drüben steht keine einzige Frau. Mein Blick wandert zurück zur ersten Kneipe und zu meiner Beruhigung gibt es hier welche.

Bei all den neuen Eindrücken vergaß ich den eigentlichen Grund meines Hierseins. Gibt es noch einen? Nachdenklich blicke ich zu Boden. Mein Telefon werde ich nie zurückbekommen, wird mir soeben bewusst und ein kurzer Schmerzensschrei entweicht meinem Mund. Sofort schaue ich auf, doch niemand beachtet mich. Es sind hier viel zu viele Leute unterwegs. Der finanzielle Verlust schmerzt mich weniger, allerdings mein Versagen. Nein, ich will jetzt keinesfalls darüber nachdenken, was ich in welchem Moment anders machen hätte können. Die Blumen vom letzten Jahr sind verwelkt, es ergibt wenig Sinn, sie weiter zu gießen. Und was zählt mein vermeintliches Leid bei dem, was ich in der vergangenen Stunde sah.

Ich analysiere gern mein Umfeld, um es zu verstehen. Darum unterhielt ich mich einmal mit einem Obdachlosen. Natürlich dominierte die Klage über sein Unglück und seinen Verlust, Arbeitslosigkeit, Schulden, Wohnungsverlust. Er sprach weder von dem Moment, in dem er handeln hätte müssen, noch das er ihn kannte. Danach erzählte er etwas, was ich zu gut verstand: Es ist verdammt schwer, um Hilfe zu bitten, auch wenn dir klar ist, du schaffst es alleine nicht mehr, denn dazu musst du dir eingestehen, dass du schwach bist. Ich nickte und lud ihn auf ein Bier ein.

Obdachlos zu sein ist keine Straftat, bei dem Typ dort drüben sieht es vielleicht anders aus. Erneut hebt mein Gewissen den Zeigefinger und ich stimme zu. Das Böse, dass ich ihm andichtete, entstand lediglich in meiner Fantasie.

Er steht weiterhin vor der Kneipe und unterhält sich. Zu gern würde ich hinübergehen und lauschen, doch zum einem fiele ich als Frau auf wie ein bunter Hund und zum anderen verstünde ich vermutlich die Sprache nicht. Plötzlich werde ich hell wach. Er zückt ein Telefon, es könnte meins sein. Er reicht es herum, einige schütteln sofort den Kopf, andere erst, nachdem sie es begutachteten. Es landet wieder in der Tasche des D ..., von Mister X. Danach scheint es allen zu kalt zu sein und sie verlagern ihre Gesprächsrunde nach drinnen. Dort wird zuerst jeder Neuankömmling mit Handschlag begrüßt, um sich anschließend neu durchzumischen und weiter zu unterhalten. Unschlüssig stehe ich in der Kälte und blicke mich um.

Ein Gong in meinem Kopf macht mich auf einem Moment aufmerksam, in dem ich wieder einmal alles vergessen und nach Hause hätte gehen können, doch das Wort Zuhause scheint aus einer fremden Sprache zu stammen, ich verstehe es nicht mehr. Der dazugehörige Zustand und die Umgebung sind weit ab meiner Vorstellungskraft. Derzeit formt sich dazu das Bild eines Bauschuttcontainers mit schmutziger Dämmwolle vor meinem geistigen Auge und meine Füße setzen sich wie von selbst in Bewegung. Ein Blick zurück sagt mir, ich verlor Mister X in dem Gedränge zwischen all den Gästen ohnehin.

Der Weg ist kurz und ich finde zurück, als wäre ich die Strecke schon unzählige Male gelaufen. Ebenso selbstverständlich steige ich in den Container und kuschle mich in mein bereits gebautes Nest. Das Haus hinter mir wird saniert, Planen hängen dort, wo einst Fenster waren und bewegen sich sanft im Wind. Der Eingang ist mit einer groben Behelfstür verschlossen und ließe sich leicht aufbrechen. Vielleicht sollte ich dem Handydieb davon erzählen, es könnte eine neue Bleibe für ihn sein.

Auf der anderen Seite läuft in einem Fenster im Fernseher ein Film mit viel Action und wenig Inhalt, auch ohne Ton kann ich der Handlung folgen.

Oben in der Wohnung von Mister X brennt im Wohnzimmer Licht, es ist niemand zu sehen.

Die Action unten besteht hauptsächlich aus Flucht und Verfolgung und kommt mir eigenartig vertraut vor. Ohne geistige Anstrengung folge ich den Bildern. Es spielt in einer Großstadt, die Häuserschluchten sind bedeutend imposanter als meine, sie erinnern an die Wall Street. An der Location muss ich also noch arbeiten.

Im Film läuft einer, stürzt und viel Blut
wird gezeigt, was auf den Todeszustand
hinweisen soll.

Ich besitze keinen Fernseher, zu diesem zweifelhaften Vergnügen komme ich lediglich in Hotels. Es steht also beinahe ausnahmslos im Zusammenhang mit Urlaub, einer Zeit, die meist angenehm in Erinnerung bleibt.

Ich überlege mir, wo ich diesen Fernseher nun am liebsten hätte, damit sich am Morgen ein meterlanges Frühstücksbuffet vor mir ausbreitet, mit Dingen, die ich noch nie in meinem Kühlschrank vorfand. Mit einer farbenprächtigen Auswahl an frischem Obst, sorgfältig in mundgerechte Stücke geschnitten, leckeren Fruchtsäften und kräftigem Kaffee. Körbe mit allen Sorten von Brot und mindestens drei Tabletts voller Käsevariationen. Ein selten zu findendes Highlight ist es, wenn der Schinken vom Rind ist, wo hatte ich es das letzte Mal? War es in einem der Hotels im Bayerischen Wald, wo ich zu einer Langstreckenwanderung bei prächtigsten Frühlingswetter loszog und mich am ersten Tag über all die kräftigen grünen Spitzen freute, die aus der blassgrauen Natur austrieben?

Auf dem Bildschirm läuft einer, bricht zusammen, das Blut spritzt aus seinem Fleisch.

Ich erkenne Parallelen zwischen der sprießenden Natur und dem Blut. So in etwa und dennoch anders, langsamer und trotzdem gewaltiger. Die Natur zögert selten, schreitet in ihrem Tun meist unbeirrt voran, wie an dem damaligen Frühlingstag. Die erste Wanderung des Jahres wurde zur schieren Wonne, die keine Müdigkeit zuließ. Am Nachmittag malte die Sonne eine Landschaft in zarten, goldschimmernden Farben. Lange zögerte ich es hinaus, im Hotel anzukommen, genoss die Natur, bis die Sonne im Wald eintauchte. An der Rezeption wies man mich auf einen Wetterwechsel hin, ich überhörte es.

Am nächsten Morgen war er da, vorerst mit leichtem Schauer, der innerhalb kürzester Zeit heftiger wurde und zu dem sich gegen Abend Wind gesellte, der dafür sorgte, dass selbst durch die minimalen Öffnungen wasserdichter Kleidung Nässe einen Weg findet. Mindestens eine halbe Stunde stand ich abends im Hotel unter der heißen Dusche, um das Gefühl von kaltem Regen auf meiner Haut zu vertreiben. In der Nacht begleitete das Heulen des Windes meine Träume.

Der nächste Tag war schwer zu ertragen, ich stemmte mich gegen den Sturm, bis ich mittags erschöpft aufgab und mich in einer Pension ins warme Bett verkroch. Das Unwetter wurde derart unbändig, dass die Wände dieses alten Gasthofs erzitterten. Ich war dankbar, ein Dach über dem Kopf zu haben.

Im Film krachen zwei Autos ineinander,
Blaulicht gaukelt mir das Geräusch von
Sirenen vor, ich höre die Schreie der
Menschen, deren aufgerissene Münder
ich nur sehe.

Am nächsten Morgen betrat ich eine völlig veränderte Landschaft. Wolken, Wind, Kälte und Wasser wirkten in trauter Einigkeit zusammen und sorgten für eine meterdicke, flauschigweiche Schneedecke. Der Frühling gewann trotzdem die Oberhand und schickte die Sonne als Vorboten. Natürlich räumte niemand meine naturnahen Wege. Wie der erste Mensch auf dem Mond kam ich mir vor und fotografierte stolz die unberührte weiße Pracht vor und die tiefe Spur hinter mir. Die ersten Stunden trieb mich der Übermut voran, zum Schluss konnte ich kaum noch die Füße heben, mit Trippelschritten schob ich wie ein Schneepflug die Massen vor mir her.

Ich denke, es war der Morgen danach, als ich am Frühstücksbuffet mit saftigem Rinderschinken für all die Strapazen belohnt wurde.

Auf dem Bildschirm schiebt eine hübsche
Rothaarige dem Helden ein Bier über die
Theke.

Oder war es in Madrid, wo Jamón gegessen wird, den
ich liebe. Dort ließ ich mich durch die Stadt treiben.
Das Hotel lag etwas abseits des Zentrums.

Jeden Morgen startete ich in der hässlichen, in Mo-
torengeräusche getunkten Monotonie der modernen
Architektur und tauchte genussvoll ein, in eine Welt mit
den abgenutzten Steinen uralter Gemäuer, dem melo-
dischen Stimmengewirr der autolosen, engen Gassen
bis zu den stillen, kühlen Hinterhöfen mit schatten-
spendendem Grün.

Im Film sucht der Überlebende Schutz
hinter Mülltonnen und hält den Atem an,
bis die Verfolger an ihm vorbei sind.

Siesta hielt ich in einer Kirche, in der funkelndes Licht
in allen erdenklichen Farben von einem maurischen
Fenster auf mich herabtropfte. Die Abende verbrachte
ich in Lokalen, die kleine Happen zu kräftigem Rotwein
anboten. Auf dem Weg zurück ins Hotel trieb mich
eine warme Brise durch so manche romantische Gas-
se. Ich erinnere mich an weiße Paläste unter samt-
blauem Himmel, schmiedeeiserne Balkone an prächtigen Fassaden, einen bunten Weihnachtsmarkt, auf
dem die Lampions im Widerstreit mit der Sonne lagen,
den Ausflug zum sturmumwehten El Escorial und ein
fanales Verkehrschaos.

Auf dem Bildschirm sehe ich dicht ge-
drängte Autos zwischen kirchturmhohen
Glasfassaden. Eine Frau läuft quer hindurch, ihr blondes Haar weht über den
Blechdächern.

Ich bestaunte die fremdartigen maurischen Einflüsse
neben dem architektonischen Gegenwirken der Habs-
burger und die modernen vertikalen Gärten und aß mit
tausenden anderen zum jahresabschließenden Glo-
ckenschlag zwölf Weintrauben, damit das Glück im
neuen Jahr sich mehre. Mir fehlt die Erinnerung, ob es
das wirklich tat. Natürlich säumten Unmengen mit
Jamón belegten Broten meine Wege.

Ich schrecke hoch. Oben im Wohnzimmer bewegt sich
etwas. Die dürre Frau erhebt sich, und blickt heraus.
Erst drückt sie die Stirn an die Scheibe, dann holt sie
die Hände als Abschirmung gegen das Licht zu Hilfe.
Sieht sie zu mir her? Minutenlang verharrt sie unbe-
weglich. Ihre Augen sind weit geöffnet, sonst würde ich
schwören, sie ist eingeschlafen.

Dann geschieht etwas, was meinen Mund vor Er-
staunen offen stehen lässt. Neben ihr taucht aus dem
Hintergrund die Frau in Schwarz auf, vermutlich ohne
Schuhe. Der Ansatz meines Lächelns stirbt sofort ab.
Was macht sie dort oben?

Die magere Frau entschwindet meinem Blick, die
schwarze Lady bleibt. Langsam hebt sie die Hand und
winkt mir zu. Es wirkt unheimlich, ich schlucke und

starre sie unverwandt an. „Wer bist du?", brülle ich laut meine Angst hinaus. Sie lächelt milde.

Meine Seele liegt im Staube, erquicke mich
nach deinem Wort.
Ich erzähle dir meine Wege, und du erhörst
mich, lehre mich deine Gebote.
Lass mich verstehen den Weg deiner Befehle, so
will ich nachsinnen über deine Wunder.
Meine Seele verschmachtet vor Gram, richte
mich auf durch dein Wort.
Halte fern von mir den Weg der Lüge und gib
mir in Gnaden dein Gesetz.
Ich habe erwählt den Weg der Wahrheit, deine
Urteile habe ich vor mich gestellt.

Psalm 119, 25-30

11

Jeder gute Gedanke,
jedes gute Wort,
jede gute Tat,
eine helfende Hand
bekommt Flügel.
Es sind kleine Flügel,
Schmetterlingsflügel,
die durch unsichtbare Schnüre
mit mir verbunden sind
und irgendwann
habe ich genügend kleine Flügel
und ich kann davonfliegen.
Wohin?
Ich weiß es nicht.
Es übersteigt meine Fantasie
und das ist gut so,
denn sobald ich mir etwas vorstelle,
kann es schmutzig werden
wie alles,
was sich Menschen vorstellen.

Erschrocken lasse ich mich fallen, als sich mit einem lauten Krach die Haustür öffnet. Meine Wange
prallt auf den Schutt. Der Schmerz ist derart heftig,
dass er mir die Luft für einen Schrei nimmt. Regungs-
los bleibe ich liegen. Ganz vorsichtig hebe ich endlich

den Kopf an, um den Druckschmerz zu lindern, Schutt bröselt ab.

Leise, schlurfende Schritte kommen auf mich zu, dann ist Stille. Ich lausche. Stille. Wer steht dort unten? Ist es verboten, sich in einem Abfallcontainer auszuruhen? Wen stört das? Ich bringe meine Gedanken zum Schweigen und lausche. Nichts und das eine halbe Ewigkeit.

„Ich weiß, du bist da, ich spüre deine Anwesenheit schon den ganzen Abend. Mein Sohn tut es als wirr ab. Das bin ich meistens, aber nicht jetzt. Du bist hier. Bist du gekommen, um mich zu holen? Ich wusste, dieser Tag würde kommen. Es ist Zeit, ich verschwendete mein Leben, nun ist es zu spät, um etwas daraus zu machen." Mein Erstaunen lenkt mich vom Schmerz ab, ich erstarre und lausche weiter, bis die Stimme wieder erklingt. „Ich bin alt geworden, die Drogen beschleunigten es. Der Mann, der sie mir anfangs gab, versprach zu helfen. Es war dumm und naiv, wie konnte ich ihm nur vertrauen. Erst genoss ich es, mich vom Alltag zurückzuziehen, dann konnte ich nicht mehr ohne. Nun kümmert sich Yasin darum. Ich weiß, dieses verfluchte Zeug kostet viel Geld und ich möchte gar nicht wissen, wo er es her bekommt. Natürlich ist es illegal. Er ist ein guter Junge, er möchte mir helfen." Sie schnieft laut auf und fängt an zu wimmern. Vorsichtig krieche ich näher an die Seite, auf der sie sich postierte. Ich blicke nach unten und sehe ihre zuckenden Schultern. Sie zog sich keine Jacke an, steht dort im dünnen T-Shirt mit den kurzen Ärmeln. Ich betrachte ihre zerstochenen Arme, Mückenstiche sehen bei mir ähnlich aus. Ich wage es nicht, meine Hand auf ihre Schulter zu legen. Instinktiv kratze ich den Schmutz aus der Wunde an der Wange und versuche leise aufzuschreien.

„Ich weiß, du bist gekommen, um mich zu holen. Bist du der Tod? Nie konnte ich mir darunter ein Gerippe vorstellen, es ist ein Zustand. Ich hoffe auf Charon, der mich über die reißenden Wasser des Styx in den Hades bringt. Bist du das?" Ich überlege, was ich antworten soll. Weiß sie wirklich, dass ich da bin, oder ist sie tatsächlich verwirrt? Vielleicht ist die schwarze Frau eine Betreuerin, die von ihrem Sohn beauftragt wurde, während seiner Abwesenheit auf sie zu achten.

Sie blickt auf den Asphalt, manchmal die Straße hinauf und hinunter, aber nie zu mir. Sie tut mir leid. Dann stöhnt sie herzzerreißend auf. „Ich hätte stärker sein müssen. Heute weiß ich es, doch ich war so jung." Endlich wage ich es, mich zu Wort zu melden. „Stärke wird niemanden angeboren, du musst die Zeit haben, um sie zu erlangen. Wie alt bist du gewesen?" Ich würde ihr gerne helfen, es steckt viel Traurigkeit in ihr. „Ich war zwölf, als wir unsere Heimat verlassen mussten. Dennoch war es zu spät. Mutter wurde bereits gefasst und eingesperrt. Ich sah sie nie wieder. Wir hätten früher gehen müssen. Zusammen mit ihr wäre alles anders gekommen. Vater wollte mich zurücklassen. Die Flucht ist nichts für ein kleines Mädchen, sagte er, er meinte es gut, doch plötzlich waren alle Bekannten in Aufruhr. Unser Dorf verlor die Idylle meiner Kindheit. Die einen versuchten selbst zu fliehen, die anderen harrten trotzig aus. Keiner konnte ein zusätzliches Kind gebrauchen. Er musste mich wohl oder übel mit sich nehmen. Wir waren lange unterwegs, er verriet mir nicht, wohin. Vater wurde immer schweigsamer, vermutlich veränderte er sich damals bereits, als Kind fiel es mir nicht auf. Die einzige Erinnerung, die mir von der Flucht blieb, sind die Dunkelheit und die Furcht davor." Ihr banger Blick richtet sich nach oben. Dort hängen Wolken, die das bleiche Licht einer Großstadt widerspiegeln. Es schüttelt sie, sie friert. Spürt sie die Kälte oder ist es die Erinnerung an die Flucht, die sie erschaudern lässt. Sie räuspert sich, gefolgt von einem heftigen Husten. Danach schweigt sie.

„Endlich waren wir hier. Es wurde uns geholfen, wir bekamen warme Betten und zu Essen. Die plötzliche Ruhe tat anfangs weh. Vater benahm sich wie ein eingesperrter Tiger, doch er hatte das Ziel ausgewählt. Er fand eine Arbeit und ich durfte zur Schule, daheim gab es keine Bildung für Mädchen. Dort erklärte man mir, wir wurden aus unserer Heimat vertrieben, weil wir den falschen Glauben hatten, was das bedeutete, begriff ich erst sehr viel später. Wir lernten die neue Sprache. Ich beherrschte sie schnell und lehrte sie meinem Vater." Sie schwieg, ich wartete geduldig auf die Fortsetzung.

„Ein Jahr fühlte ich mich wie im Paradies, obwohl mir Mutter sehr fehlte. Es fing an, als ich vierzehn wurde. Ich erinnere mich gut an diesen Geburtstag, den letzten, den wir feierten. Ich durfte Freunde aus der Schule einladen und Girlanden kaufen, mit denen ich die Wohnung schmückte. Kuchen hatte ich gebacken und belegte Brote für den Abend gerichtet. Ich und meine Freunde hatten viel Spaß. Dann kam Vater von der Arbeit, alle verabschiedeten sich rasch und er machte mir das größte Geschenk von allen." Ihr Lachen ist rau.

„Wie sollte ich wissen, dass es falsch ist? Er war mein Vater, die einzige Person, der ich vertrauen konnte. Er vermisste Mutter, er war einsam in diesem fremden Land, in dem ihn niemand verstand, nicht nur wegen der Sprache. Die Schule war meine heile Welt, ich war gut, bekam die besten Noten. Doch jeden Tag musste ich nach Hause." Erneut heulte sie auf. „Ich vermisste meine Mutter auch. Ich wollte etwas tun, um unsere neue Heimat erträglicher zu gestalten." Sie schnieft. „Vielleicht hätte es bessere Wege gegeben." Sie wimmert. „Yasin gab mir die Kraft, von ihm loszukommen. Am Morgen nach dem Schulabschluss setzte ich mich in einen Zug. Ich nahm mir alles Geld, das in dem Glas in der Küche steckte. Es war für unser Essen gedacht, ich hatte längst die alltäglichen Einkäufe übernommen. Ich wählte die längste Strecke, die ich dafür bekam. Am Zielbahnhof saß ich wie betäubt an den Gleisen. Um Essen musste ich mich nicht kümmern, ich stillte den Jungen und selbst hatte ich keinen Hunger. Es war ein lauer Sommer. Nach ein paar Tagen kam es mir vor, als würde ich endlich zu atmen anfangen, als hätte ich die ganze Zeit die Luft angehalten, um den Schmerz zu betäuben. Der kam plötzlich über mich, aber er war erträglich, denn ich wusste, es wird besser werden. Ich konnte das Licht der Sonne erkennen, davor war lange Zeit nur Dunkelheit und Furcht. Die wollten wir hinter uns lassen. Der Bahnhof besaß hoch oben eine spitze Glasfassade. Die Strahlen verfingen sich im Staub. Einige wenige drangen zu mir durch, es war um vieles mehr, als ich zuletzt hatte." Sie wiegt sich hin und her, als würde sie die Sommersonne genießen.

„Nach kurzer Zeit fiel ich wegen meiner Jugend und dem kleinen Kind mildtätigen Menschen auf. Wir hatten viel Glück, in dieses Land zu kommen und hätten eine gute Zukunft daraus gestalten können. Was war schiefgelaufen und wann fing es an? Hier gibt es Menschen, die helfen wollen. Erst wurde ich in einem Heim für junge Mütter aufgenommen, wir bekamen ein warmes Bett und zu Essen. Es erinnerte mich an unsere erste Ankunft, als alles noch gut war. Ich fühlte mich wohl, es war eine friedvolle Gemeinschaft, wir halfen uns gegenseitig, schockierten und trösteten uns, wenn wir unsere Geschichten erzählten. Man sagte mir, es ist nur für den Anfang, die Plätze sind begrenzt und viele brauchen Hilfe. Sie besorgten mir diese Wohnung, sie waren so gut zu mir, trotzdem war ich an diesem Ort immer einsam wie mein Vater." Sie schweigt. Ich kann mir vorstellen, ihre Vergangenheit lastet drohend auf ihr, beinahe fühle ich es.

„Mein Schulabschluss war gut, gleichzeitig auf Yasin achten und arbeiten war jedoch unmöglich, für eine Lehre erst recht keine Zeit. Ich erzog ihn zu einem anständigen Menschen, das musst du mir glauben. Als er alt genug war, ging ich arbeiten, bekam aber lediglich einen Job mit schlechter Bezahlung. Nun war endlich die Zeit gekommen, mehr für mich zu tun, allerdings ergab sich nichts. Vielleicht war ich zu müde, um selbst etwas voranzutreiben. Stattdessen traf ich auf diesen Mann. Es schien einfach, mich in seine Arme fallen zu lassen. Ein ganz neues Gefühl, endlich jemand, der sich um alles kümmert. Ich erlebte zuvor in dieser Stadt viel Gutes, darum vertraute ich ihm. Er gab mir diese Droge und versprach mir Hilfe. Darauf wartete ich, bis er fort und ich von dem verfluchten Zeug abhängig war." Sie schnieft, dann herrscht Stille.

Irgendetwas hängt in dieser Erzählung zwischen den Zeilen, ich kann es nicht erfassen. Lange sinne ich nach, bis ich wage nachzuhaken. „Was wolltest du damals beitragen, um euer neues Zuhause erträglicher zu gestalten?" Ich lausche und fürchte die Antwort.

„Er drang in mich, wann immer er wollte. Anfangs wäre es verzeihlich gewesen, eine Tat aus dem Augenblick geboren. Vielleicht bereute er es, aber er hörte nicht auf damit. Irgendwann machte ihn die Einsamkeit zu einem schlechten Menschen, er ist nie wirklich im Hier angekommen, hing zwischen dem Damals und dem Dort fest. Zu einem Zeitpunkt war es nicht mehr mein Vater. Ich brach alle Brücken hinter mir ab, sah ihn nie wieder. In dem Heim sagte man mir, es ist gut, von ihm losgekommen zu sein, aber ich erreichte niemals ein neues Ufer." Sie heult auf und schweigt danach lange.

„Yasin ist auch mein Bruder." — „Was?" — „Wir haben denselben Vater." Es dauert Sekunden, bis ich begreife und schlucke, aber meine Kehle bleibt trocken. „Yasin weiß es nicht." — „Ups." Sofort bedauere ich meinen Kommentar, der viel zu lapidar für diese Tragödie ausfällt.

Ich klettere herunter und nehme sie in die Arme, was könnte ich anderes tun. Sie weint an meiner Schulter, ihre zucken heftig.

Beide schrecken wir auf, als gedämpfte Fußtritte erklingen. „Mein Junge kommt, das ist er, ich erkenne seinen Schritt!" Sie ist ganz aufgeregt. Während sie sich auf ihren Sohn konzentriert, klettere ich flugs in den Container, keine Sekunde zu früh.

„Mutter, was machst du hier draußen nur im T-Shirt, du wirst dich erkälten." Bis er vor ihr steht, hat er seine Jacke ausgezogen und legt sie ihr sorgfältig um die Schultern. „Warum stehst du hier?" — „Sie ist hier, sie kommt mich holen. Das Leid hat ein Ende." — „Oh Mutter, du fantasierst." Liebevoll legt er den Arm um die gebrechliche Frau und möchte sie mit sich ziehen. Sie wehrt sich, reißt sich los und bleibt stur stehen. „Bitte hör mir zu, ich muss dir etwas sagen, das hätte ich längst tun müssen." Erneut packt er sie bei den Schultern. „Nein!", brüllt sie, er lässt sie sofort los und mustert sie besorgt. Als sie weiter schweigt, zieht er die Jacke enger um ihre Schultern. „Es ist viel zu kalt, Mutter." — „Bitte mein lieber Junge, hör mir zu." Sie schweigt und beginnt dann ganz leise: „Ich hatte eine schreckliche Jugend, meine Mutter konnte nicht mit uns hierher fliehen und mein Vater bestieg mich, wann immer ihn der Drang überkam. Das Ergebnis bist du, auch wenn ich alles in der Welt geben würde, wenn es anders wäre, denn du bist das Beste, was mir je passiert ist, doch bist du gegen alle Gesetze der Natur entstanden. Ich habe gefehlt und werde vor Gott alle Schuld auf mich nehmen. Du bist rein, mein Junge." Yasin schreit und schließt die Augen. Als er sie wieder öffnet, starrt er minutenlang seine Mutter an, dann stöhnt er und nimmt sie in die Arme. „Warum erzählst du mir das jetzt erst? Nun verstehe ich, warum du alles um dich herum ausblenden willst." — „Das Leid hat ein Ende, sie ist da!" — „Wer ist da?" — „Der Fährmann über den Styx. Ich bin froh, dass es eine Frau ist." — „Wo ist sie?" Er blickt sich um, ich ducke mich. „Irgendwo hier, gerade stand sie noch neben mir und tröstete mich. Bitte glaube mir, es sind nicht die Drogen, sie ist wirklich hier, ich spüre sie." Ein weiteres Mal blickt er sich misstrauisch um. „Komm Mutter, lass uns nach oben gehen." — „Warte, eines muss ich noch sagen und ich möchte, dass der Engel des Todes mein Zeuge ist." — „Mutter!" Sie winkt ab und atmet tief ein. „Den Prospekt, den du mir einmal zeigtest, von der Klinik, in die ich gehen könnte, um wieder rein zu werden." Er nickt. „Bring mich dort hin. Sie ließ mich gehen, gibt mir noch eine Chance. Und während ich dort bin, nimmst du deine Lehre wieder auf. Die kümmern sich um mich und du hast Zeit. Das Schicksal soll sich nicht wiederholen." Ungläubig sieht er sie an. „Oh Mutter, wir können die Vergangenheit nicht rückgängig machen, aber es wird alles gut. Lass uns von nun an alles gut und richtig machen, das schaffen wir."

Sie heult, als sie die Straße überqueren. Die Haustür fällt krachend ins Schloss, das Flurlicht springt an und verlischt. Oben in der Wohnung brennt kurze Zeit Licht, dann wird es dunkel.

Ein wolliges Gefühl von Zufriedenheit breitet sich in mir aus, als ich den beiden nachblicke.

Ganz oben unter dem Dach lehnt eine Frau im Fenster, ihre schwarzen Haare wehen im Wind.

Weigere dich nicht, dem Bedürftigen Gutes zu
tun, wenn deine Hand es vermag.
Sprich nicht zu deinem Nächsten: Geh hin und
komm wieder, morgen will ich dir geben, wenn
du es doch hast.
Trachte nicht nach Bösen gegen deinen Nächsten, der arglos bei dir wohnt.
Geh nicht mutwillig mit jemand vor Gericht,
wenn er dir kein Leid getan hat.

Sprüche 3, 27-29

12

Meine Füße laufen,
aber sie wissen nicht wohin.
Mein Herz schlägt,
aber es weiß nicht warum.
Meine Hände greifen,
aber sie wissen nicht wonach.
Mein Geist erinnert sich,
aber er weiß nicht an was.
Mein Mund lächelt,
aber er weiß,
dass ich dadurch Freude empfinde.

Mit geschlossenen Augen genieße ich mein kleines Glück. Atme tief ein und bette mich zur Ruhe, die habe ich mir verdient. Ich bin absolut überzeugt, die beiden werden es schaffen, solange sie zusammenhalten. Vehement wische ich romantische Bilder und Zukunftsvisionen aus meinem Kopf. Sobald jemand sich Schönes vorstellt, ist es real und kann beschmutzt werden, den beiden wünsche ich ein unbeflecktes Schicksal. Meine Lider fallen zu, viel zu schwer, um sich dagegen zu wehren. Es war ein langer Tag.

Ich schrecke auf. Was? Wo bin ich? Sekunden suche ich Orientierung und langsam tauchen die letzten Stunden aus dem Nebel meines Bewusstseins auf.

Endlich kann ich die Außenwelt erfassen und höre Schritte. Bin ich davon aus dem Schlaf gerissen worden? Unmöglich, es muss der Knall der Haustür gewesen sein. Ich spähe über den Containerrand und erkenne Yasin, bevor die Dunkelheit sich hinter ihm schließt. Zeit zum Wundern fehlt mir, meine Füße bewegen sich ohne meinen Willen hinter ihm her. In den letzten Tagen bin ich zum Schatten geworden. Erst klebte ich an dem Dieb und nun an diesem Menschen, dessen Wandel unfassbar ist. *Es könnte daran liegen, junge Dame, weil der böse Anteil einzig und allein deiner Fantasie entsprang*, erklingen die mahnenden Worte in mir. Nach langen, schweigenden Minuten und vielen Schritten schlucke ich meinen Stolz hinunter und stimme zu.

Unbemerkt sind wir ans Licht getreten. Trotz der späten Stunde pulsiert das Leben auf den Straßen. Seit wir uns ausklinkten, um in die ruhigeren, aber auch gefährlicheren Untiefen des Schicksals abzutauchen, stieg hier der Spaßfaktor und erfasst mich nun. Die Stimmung vor einer Kneipe ist derart ausgelassen, dass ich stehen bleibe. Es lenkt mich von dem Wahn ab, verfolgen zu müssen, dem die Bedeutung abhandengekommen ist. Als ich Yasin suche, ist er fort. Der Schmerz der Enttäuschung trifft mich heftig, fahrig blicke ich mich um. Erleichtert atme ich auf, als ich ihn in einem viel männlicheren Umfeld auf der anderen Straßenseite entdecke. Alle dort zeigen ernste und coole, maskenartige Gesichter, keinem entkommt ein Grinsen. Die Schultern sind bei allen breit, auch wenn das nur von der bauschigen Jacke kommt, die Blicke abwertend, teilweise von Sonnenbrillen bedeckt und die Hosen weit, vom Wind aufgebläht. Ein völlig unangebrachtes Grinsen krümmt meine Lippen. Ich versuche es mit aller Gewalt zu unterdrücken, es misslingt. Ich bleibe auf der belebteren, geschlechtlich durchwachsenen Straßenseite, andauernd fahren Autos durch, doch zum Beobachten reicht es.

Vorerst scheint schweigendes Herumstehen angesagt zu sein. Wie wenn sich jeder in seiner Herrlichkeit sonnen würde, sogar nachts. Widerstand regt sich in mir, er ist keiner von denen, nun weiß ich es besser. Doch es ist sein Umfeld und wird ihm lange nachhängen. Vielleicht sagt es ihm weiterhin zu. Mit einer herrischen Handbewegung stoppe ich den Film in meinem Kopf. Nichts in Bilder fassen!

Obwohl ich das ausgelassene Treiben auf meiner Seite genieße, werfe ich regelmäßig einen Blick hinüber, dort gibt es lediglich ein Standbild und das in Schwarz-weiß, Farbe scheint wie Gefühlsregungen tabu zu sein. Beschwingt tanze ich zu der Musik aus der Kneipe auf dem Bürgersteig. Andere tun das auch. Es ist Samstagnacht und der Alltag weit weg. Auf meiner geistigen Liste vermerke ich diese Kneipe gleich unter *Parkanlagen*.

Alkohol brauchte ich noch nie für eine gehobene Stimmung und trotzdem hätte ich gern ein Bier geholt, doch um mich an der Theke anzustellen, ist mir das Gedränge drinnen zu groß. Der DJ gibt alles, um zu später Stunde die Gäste zu halten, dazu greift er auf die Klassiker der guten alten Rockmusik zurück. Das fehlte auf der Party, fällt mir nachträglich ein. Mir ist, als hätte ich sogar Zwölftonmusik vernommen, glücklicherweise dezent im Hintergrund.

Das hier ist um Welten besser. Nichts gegen zwölf Töne, doch die bitte hintereinander und für wirklich gute Musik genügt das. Weltbekannte Bands bewiesen, drei Akkorde reichen vollauf aus.

Die Leute um mich tanzen ausgelassen, schwatzen laut und lachen, ich mit ihnen. Es fühlt sich gut an, mit jeder Drehung löst sich ein Teil der Kruste, die in den letzten Stunden auf mir gewachsen ist und Bewegungen zu einem schmerzhaften Akt werden ließen. Zur selben Zeit trieb mich etwas voran gegen allen Widerstand. Ich fühle mich leicht, geradezu schwerelos. Mein Geist bewegt sich ebenfalls zum Rhythmus der Musik, Muskeln, Sehnen und Knochen scheinen von der Schwerkraft befreit. Ich beobachte die anderen um mich herum, ihnen geht es ähnlich. Ich überlege, wann ich das letzte Mal einen solchen Glücksmoment hatte, mir fehlt die Erinnerung.

Mit einem kurzen Blick streife ich die unveränderte Szene gegenüber und verspüre das Bedürfnis mit ihnen zu teilen, etwas von meinem Glück und der Freude hinüberwachsen zu lassen. Leider fehlt mir die Fähigkeit, derartiges zu verschenken. Gerne würde ich Yasin herüberbitten, um durch die Musik und den Tanz ähnliches zu empfinden, doch jeder ist anders. Vielleicht fühlt er in diesem Moment ebenso, es ist unnötig, deswegen wild herumzuhüpfen. Ich lache und drehe mich im Kreis, bis mir schwindelig wird, remple jemanden an und entschuldige mich sofort, es scheint kein Problem zu sein, jeder um mich herum ist ausgelassen.

Erschöpft setze ich mich auf eine dicke Kette, die zwischen Pfosten hängt und die Partygäste vor den Straßenverkehr schützen soll. Rhythmisch schwinge ich mit der Musik.

Ein Mädchen setzt sich dazu und lächelt mich an. Sie sieht verdammt jung aus, darf sie schon hier sein? Plötzlich lallt sie los. „Ich sehe dich. Ich bin ziemlich betrunken, aber ich sehe dich." — „Das freut mich, ich dich ebenfalls. Gehts dir gut?" — „Ja, im Moment schon. Mein Freund verließ mich heute, dieser Mistkerl, er fand eine andere. Das werde ich auch bald wieder. Ich finde jeder Zeit einen neuen, einen wie den sowieso." Ich nicke ernst. „Wann hast du das letzte Mal versucht, deine unbegrenzte Freiheit zu genießen?" Sie sieht mich verwirrt an. „Ich meine, tun und lassen, was du willst, ohne jemanden, der dir was vorschreibt." Sie schüttelt verständnislos den Kopf, ich versuche mich zu erklären. „Mit wem bist du hier." — „Mit niemanden, ich kann das alleine." — „Super, das ist genau das, was ich meine." Sie blickt nachdenklich in ihr Glas. „Jetzt müsstest du nüchtern sein, um es zu genießen." — „Allein sein ist scheiße." — „Einsam sein ist scheiße." Kontere ich. „Das ist dasselbe." — „Keineswegs." Wieder wirkt sie nachdenklich. „Hast du viele Freunde?", fragt sie mich, es klingt kläglich. Ich denke darüber nach. „Nein, hatte ich nie und nun bin ich erneut umgezogen und kenne hier niemanden." — „Oh, das tut mir leid." — „Mir ebenfalls und du hast recht, ich sollte mehr unter Menschen sein, auch wenn ich nicht einsam bin. Wie findet man Freunde?", frage ich sie spontan, sie überlegt. „Du musst Dinge tun, die alle anderen auch tun und Leuten sagen, sie sind toll und bei ihnen abhängen." — „Andauernd diese Sozialzwänge." — „Was?" — „Du hast vermutlich recht, so funktioniert es. Das tun die dort drüben auch." Mit diesem Satz suche ich die andere Straßenseite ab, Yasin ist fort. Erschrocken springe ich auf. „Sorry, ich muss los." — „Schade, war nett mit dir zu plaudern." — „Fand ich ebenfalls, schönen Abend." Gerade will ich ihr die Hand zum Abschied reichen, der verständnislose Blick sagt mir, in ihrer Generation ist das unüblich, im Augenblick fällt mir allerdings die zeitgemäße Variante nicht ein. Ich muss los.

Gleichzeitig versuche ich den Verkehr und die Situation auf der anderen Seite einzuschätzen. Genau das hilft mir, denn wegen der Autos muss ich in die entgegengesetzte Richtung schauen und dort entdecke ich ihn. Glücklicherweise läuft er sehr langsam, sodass ich schnell aufhole. Erst kann ich das Geräusch nicht einordnen, dann bin ich mir sicher. Er pfeift ein Lied. Dazu die Hände in den Hosentaschen und ein tänzerischer Gang. Es ist unübersehbar, es geht ihm gut. Ich beobachte es und erfreue mich daran.

Yasin biegt in einen Hinterhof ab. Hier gibt es Licht, das pflichtbewusst anspringt, ich bleibe im Schatten zurück. Zielstrebig geht er auf ein Garagentor zu, ein schäbiges Schild darüber verkündet: Wohnungsauflösungen – Gebrauchtmöbel – Secondhand. Nichts rührt sich, schließlich ist bereits Sonntagmorgen, vermute ich, in einer anderen Jahreszeit wäre es hell. Yasin hämmert gegen die Tür, drinnen wird Licht eingeschaltet und geöffnet. Ihre Unterhaltung ist zu weit weg und zu leise. Sofort bin ich hellwach, als mein Handy gezückt wird und schneller den Besitzer wechselt, als ich mich darüber aufregen kann. Muss ich das noch?

Gelassen beobachte ich, wie Yasin zurückkommt, das Tor geschlossen wird und das Licht verlischt. Ich drücke mich weiter in den Schatten, lasse den jungen

Mann vorbei und werfe einen letzten Blick zurück in den Hof. Der neue Besitzer ist ortsgebunden, ich finde hierher, wenn ich es will.

Das Abenteuer ist vorbei und ich bin müde. Meine Füße setzen sich ohne genauen Befehl in Bewegung und folgen dem letzten Besitzer bis zurück vor die Haustür. Unschlüssig bleibe ich stehen und betrachte den Schuttcontainer. Nichts zieht mich nach Hause, ich bin viel zu müde, um nun herauszufinden, wie ich dort hinkomme. Es befindet sich in einer anderen Welt, dorthin kann ich morgen zurückkehren.

Geräuschlos klettere ich am Container hoch und lasse mich in mein Nest fallen, ein letzter Blick sucht Yasin, der kramt in der Tasche, Schlüssel klimpern. Plötzlich hält er inne und dreht sich herum. War ich zu laut? Es wäre zu dumm, entdeckt zu werden. Vermutlich müsste ich mich dann doch auf den Nachhauseweg machen. Seine Mutter konnte ihn von meiner Existenz nicht überzeugen. Sah er mich hinter sich? Seit Tagen bemühe ich mich für jeden unsichtbar zu bleiben, vielleicht bildete ich mir nur ein, dass es mir gelang.

Er kommt auf den Container zu, ich halte den Atem an. Stille. „Meine Mutter war in den letzten Jahren meistens sehr verwirrt. Ich hoffe wirklich, es wird nun besser. So konnte es nicht mehr weitergehen, wir müssen einen Weg zurück in die Realität, in das richtige Leben finden. Es ist gut, dass ich nun endlich weiß, was sie derart aus der Bahn warf. Es macht mich wütend, aber wenn ich nur an uns beide denke, dann fühlt es sich gut an, es zu wissen. Und ich spüre, dass es sie unendlich erleichterte, dieses schreckliche Geheimnis endlich mit jemanden zu teilen. Dazu musste ich erst erwachsen werden. Sie beschützte mich lange vor allem. Danach tat ich das Gleiche für sie, ich versuchte alles gut und richtig zu machen. Nun gibt uns das Leben endlich eine echte Chance." Er schweigt lange. „Sie spürte hier jemanden, vielleicht im Nebel der Drogen, doch ich bin nüchtern und fühle ebenfalls etwas, jemanden, der mir an diesem Abend, in dieser Nacht nahegekommen ist. Es war nur ein Gefühl. Ich bin mir nicht einmal sicher, ob ich an einen Gott glaube, aber irgendetwas gibt es neben unserer Welt. In den letzten Stunden bildete ich mir ein, mich beobachtete und begleitete ein fremdes Wesen. Ich empfand dich nie als Bedrohung, vielleicht am Anfang, weil es zu fremd war, dann warst du einfach da. Die ganze Zeit denke ich darüber nach, wie es dazu kam. Waren wir nun einfach an der Reihe oder wurden wir auserwählt oder tat ich etwas dafür. Du hast es geschafft, auf irgendeine Weise in meine Mutter einzudringen. Ich erreichte sie längst nicht mehr und weiß, ich bewirkte diese Veränderung nicht, auch wenn ich mir das seit Jahren wünsche. Sie spürte deine Anwesenheit und ich ebenso. Ich möchte mich bei dir bedanken, allerdings habe ich keine Ahnung wie. Götter verlangen Opfer. Das sind Geschichten, ich denke nicht, dass du das willst, wenn doch, dann lass es mich bitte wissen." Er lacht. „Du wirst es hoffentlich niemanden weiter erzählen, ich bildete mir ein, du und dieses verdammte Telefon seid eins. Es würde schon genügen, wenn mich jetzt jemand belauscht, um mich für verrückt zu erklären." Er lacht erneut. „Dieser heruntergekommene Typ, der es mir verkaufte, verhandelte gar nicht, er wollte es einfach loswerden. Seine verwirrten Worte von Fluch und Verfolgung nahm ich natürlich nicht ernst. Nun beginne ich zu verstehen. In den alten Geschichten steckten die guten Geister in bunten Flaschen", er lacht, „heutzutage sind es Telefone. Oh man, klingt das bescheuert. Doch es gibt dich. Hast du ihn zu mir geschickt? War es dein Bote? Wer und was du auch seist, ich danke dir vorerst in Worten, vielleicht fällt mir mehr ein. Dein Telefon schickte ich erneut auf Reisen, es kann nun anderen Menschen helfen. Danke."

Mit diesen Worten kehrt er zurück zum Haus und ich bleibe sprachlos zwischen der Dämmwolle sitzen. Das geschieht also, wenn ich mir vornehme, richtig böse zu sein. Ich lache auf und halte mir sofort die Hand vor den Mund. Vorsichtig spähe ich über den Rand meiner Behausung. Im selben Moment, als Yasin die Klinke ergreifen will, wird die Tür aufgerissen. Die schwarze Frau stürmt heraus, aus ihr sprüht das Leben. Er scheint zu sehr mit den letzten Ereignissen beschäftigt zu sein, ignoriert sie und betritt sein Zuhause.

Hab ich denn Gnade vor deinen Augen gefunden, so lass mich deinen Weg wissen, damit ich erkenne und Gnade vor deinem Auge finde. Und siehe doch, dass dies Volk dein Volk ist. Er sprach: Mein Angesicht soll vorangehen. Ich will dich zur Ruhe leiten.

2. Moses 33, 13-14

Die Mädels
13

Die Nacht wirft aus ihr Netz,
um einen neuen Tag zu fangen.
Dämmerung zappelt darin
ohne Aussicht auf Entkommen.
Sonnenstrahlen heben an
das Nebelkleid des schüchternen Morgens.
Noch schläft dein Lächeln
und begleitet dich durch deine Träume.
Frieden eines neugeborenen Tages
wie ein Schluck aus einem tiefen Brunnen.
Schmetterlinge aus meinem Bauch
flattern durch das Morgenlicht,
streichen mit zarten Flügeln
über meine Wangen,
behüten meinen Tag.

Es ist bereits hell, als ich erwache. Nach dem Grau der letzten Tage scheint die Sonne. Ich blinzle zum blauen Himmel und recke mich. Wann schlief ich zuletzt derart gut? Zumindest das erste Mal in dieser neuen Stadt. Gähnend schaue ich mich um und grinse beim Anblick der Dämmwolle, unter der ich mich verkrochen habe. Als ich die Hausfront absuche, bemerke ich eine alte

Frau, die mich aus der obersten Etage beobachtet. Nun schützt mich die Dunkelheit der Nacht nicht mehr. Ich lächle ihr zu, klettere heraus, klopfe mir den Staub aus der Kleidung und kämme mit den Fingern die Haare. Längst bin ich keine ordentliche Erscheinung mehr, doch das wird völlig überbewertet. Die ersten Schritte sind steif, an der nächsten Straßenecke wird mein Gang schwungvoller. Ein Stück vor mir malt die Sonne ein helles Quadrat an die Wand. Genüsslich aale ich mich in der Wärme.

Einer plötzlichen Eingebung zufolge versuche ich mich zu orientieren. Wie bin ich mit dem Dealer hierher gekommen? Wo trafen sich er und der Dieb? Bei Tageslicht sieht alles anders aus. Ich kehre zurück zum Container, da ich mir sicher bin, wir erreichten das Haus beim ersten Mal von der anderen Seite. Nun die Ecke, an der er sich von seinen Bodyguards verabschiedete. Das war dort an dem Haus mit dem unkreativen Graffiti, abstrakte grüne Linien mit gelben Punkten dazwischen. Andauernd blicke ich darauf zurück, aber egal aus welcher Richtung, es wird nicht besser. Bereits gestern Nacht regte ich mich darüber auf. Jetzt hilft mir eben dieser Perspektivenwechsel, den Weg zurückzufinden. Dort die Fensterscheibe mit der Regenbogenfahne und weiter hinten der klapprige VW-Bus, ein Oldtimer. An dem Gemüseladen sind wir ebenfalls vorbeigekommen und an den drei umgeworfenen Mülltonnen, inzwischen verstreut sich auf geheimnisvolle Weise ihr Inhalt über die halbe Straße, eine Katze sucht nach Verwertbarem und leckt genießerisch an einer Verpackung. Danach wird es schwierig. War es die Straße mit dem Waschsalon oder die, in der sich die Häuserfronten in trister Eintönigkeit aneinanderreihen. Ich entscheide mich für letzteres und plötzlich stehe ich vor dem Dönerladen, der natürlich geschlossen ist. Durch die Einfahrt komme ich in den Hinterhof, wo ich die Fenster der beiden alten Leute suche. Ich stehe vor dem richtigen Haus, aber dort ist heute alles still. Wie spät wird es sein? Ich nehme mir vor, auf Kirchenglocken zu achten.

Der Park muss in der Nähe sein. Ich versuche mich an den ersten Blick auf den Laden zu erinnern, damit finde ich die richtige Straße. Drei Ecken weiter ragt das dichte Grün vor mir auf wie eine außerirdische Lebensform. Erleichtert laufe ich darauf zu, tauche ein und atme tief durch. Eine sonnenbeschienene Parkbank lädt mich zum Verweilen ein. So mancher Sonntagmorgen wird mich hier finden, es ist wunderbar still und friedlich.

Zwei Hunde rasen über die Wiese. Ein Yorkshire stürmt mit einem Ast im Maul voraus, ein massiver Rottweiler versucht ihm die Beute abzujagen. Endlich gelingt es ihm, doch der Kleine denkt gar nicht daran, loszulassen. Der Große springt stolz zu seiner Besitzerin zurück, der Yorkshire hängt als zappelndes Fellbündel weiterhin am anderen Ende des Asts. Es sieht zu ulkig aus. Die Frau, zu der der Rottweiler gehört, nimmt ihrem Hund den Ast ab und übergibt ihn zerknirscht und schuldbewusst zusammen mit dem Fellbündel an einen älteren Herren, der sich darüber göttlich amüsiert. Die Energie des Winzlings ist dadurch ungebrochen. Aufgeregt umkreist er sein Herrchen auf das der den Stock erneut wirft. Als dies geschieht, hat die Besitzerin des Rottweilers keine Chance, ihr Kraftpaket zu halten.

Glücklich strecke ich mich auf der Bank aus. Zuversichtlich blicke ich einer rosigen Zukunft in meiner neuen Heimatstadt entgegen. Die Sonne wird kräftiger, ich schließe die Augen und lasse mich wärmen. Schon bald beginnt mein Gehirn mit praktischen Überlegungen. Wertvolle Fotos speichere ich sofort auf meinem Laptop ab und von dem gibt es regelmäßige Sicherungskopien. Die Handvoll Apps, die ich nütze, finde ich wieder, was ich nicht vermisse, war unwichtig. Der Verlust meines Telefons wird somit zum Reset meiner Useraktivitäten. Das Einzige, was mir Sorgen macht, sind die Telefonnummern. Alte Bekannte sind längst in einer Exceltabelle zusammengetragen, bei einigen neueren werde ich warten müssen, bis die sich melden und geschieht es nie, C'est la vie. So spielt das Leben und solange es ein Spiel bleibt, ist es gut.

Der Alltag geht weiter und trotzdem zieht es mich nicht in meine neue Wohnung. Hier ist es angenehm. Lachend verfolge ich das Treiben der ungleichen Hunde, es scheint dem Kleinen geradezu Spaß zu machen, immer wieder abzuheben.

Bunte Jogger beflecken die graubraune Winterlandschaft, auf einem monströsen Schachbrett positionieren zwei Senioren Figuren, die sie mühsam aus einer Kiste heben. Eine Mutter nimmt ihr schreiendes Kind aus dem Wagen, um es zu beruhigen, es wird umgehend still, als es die Hunde entdeckt. Eine betagte Walkerin schreitet vorbei, zwei halbwüchsige Mädchen belächeln sie und starten eine Videoaufnahme von ihr, die sie sicherlich sofort posten. Über einer weit entfernten Bank schwebt eine entfaltete Zeitung, darunter scheint jemand zwei Beine in grauen Hosen vergessen zu haben.

Ich erhebe mich und schlendere weiter zu einem Weiher. Winzige Wellen spielen mit den Sonnenstrahlen, die belustigt funkeln. Ein Schwan lässt sich majestätisch treiben, fünf Enten zanken im Hintergrund um die Brotkrumen, die ein kleiner Junge ins Wasser streut. In diesem Moment schaut er enttäuscht auf die leere Tüte, die seine Mutter demonstrativ ausschüttelt. Wie die Brotkrumen in einer Papiertüte ist das Leben endlich, zwischendurch funkelt es wie Sonnenstrahlen auf dem Wasser, manchmal hängen wir an Dingen wie kleine Hunde an einem Ast, erst wenn wir sie loslassen, wird uns Erleichterung zuteil.

Einfach loslassen, das ist der richtige Weg. Als sich der Umzug anbahnte, versuchte ich alles, was unwichtig ist, zu verkaufen und freute mich wie eine Schneekönigin über jedes Teil, das ein neues Zuhause fand. Mein restliches Hab und Gut passte mit den Möbeln, von denen ich mich nicht trennen konnte in einen siebeneinhalb Tonnen Laster und es war schwierig, eine Umzugsfirma zu bekommen, die sich mit dieser lächerlichen Menge beschäftigen wollte und sie zudem beinahe tausend Kilometer durchs Land fuhr. Vermutlich dachten sich die beiden Speditionsmitarbeiter, diesen kümmerlichen Rest hätte ich ebenfalls zurücklassen können. Vielleicht beim nächsten Umzug. Irgendwann bin ich frei.

Ein kleines Mädchen mit einem Puppenwagen kommt näher, bleibt vor mir stehen und betrachtet mich nachdenklich. Ihr Vater folgt und hält neben ihr.

„Was ist?", fragt er. Sie schüttelt den Kopf und rollt weiter. Er blickt mich nachdenklich an und läuft hinterher.

Ein weiß-schwarzer Fußball kullert wie von Geisterhand getrieben auf den Teich zu, scheint am Ufer kurz zu zögern und hüpft hinein. Hinter mir zerreißen gellende Schreie die Stille. „Du Idiot kannst nicht schießen, wie sollen wir den zurückbekommen." Der Satz war soeben beendet, als etwas Dunkelbraunes an mir vorbeifliegt und im Wasser landet. Drei Jungs erscheinen in meinem Blickfeld und trotten genervt ans Ufer. Das braune Etwas ist ein Labrador, der den Ball als sein neues Spielzeug betrachtet und ihm zügig hinterherschwimmt. „Nun ist er gleich kaputt", stöhnt einer der Jungs. „Das war ein Geschenk von meinem Papa." Der Hund schubst den Ball vor sich her, er ist zu groß, um hineinzubeißen. Ein Pfiff lässt ihn herumfahren. Einen Moment sieht es so aus, als würde er die neue Errungenschaft aufgeben, dann schubst er sie Richtung Ufer. Mutig packt ihn dort einer der Jungs, bevor der Hund an Land kommt. Der muss sich erst ausgiebig schütteln, ein Schauer trifft den Ballbesitzer völlig überraschend. Erwartungsvoll blickt der Braune zum Ball auf, ein weiterer Pfiff lässt ihn das Weite suchen. Ich bewundere den Hund, weil er sich so leicht von dem trennt, was er soeben noch eifrig verfolgte.

Eine junge Frau fährt auf einem Fahrrad an mir vorbei und tritt kräftig in die Pedale, im Korb hinten auf dem Gepäckträger hüpft eine prall gefüllte Papiertüte mit der Aufschrift eines Bäckers.

Plötzlich bin ich allein in der grünen Oase. Zufrieden kuschle ich mich auf der Bank zwischen die Sonnenstrahlen. Die Enten zanken sich weiter lautstark, eine Elster will ihnen das Feld nicht kampflos überlassen und krächzt mit. Hinten am Wald hetzt ein Hund seinem Besitzer hinterher. Ruhe.

„Es ist schön, dich so entspannt zu sehen, du hattest die letzten Stunden eine ganze Menge Stress." Ich öffne die Augen. Die Frau in Schwarz sitzt neben mir. Ich erschrecke nicht, dazu ist ihre Stimme viel zu sanft, ich bin keineswegs überrascht. Wir begegneten uns seit Freitagabend so oft, dass es beinahe selbstverständlich ist, sie hier zu sehen. Momentan fällt mir keine Antwort ein. Lange denke ich nach, bevor ich antworte. „Das, was du von mir mitbekommen hast, ist eigentlich untypisch für mich. Es war ein Ausnahmezustand. Mein Telefon wurde mir geklaut. Dieser Tatbestand brachte mich vorübergehend in Rage, auch das ist ungewöhnlich. Ich denke, es hängt damit zusammen, weil alles um mich herum neu ist, Job, Wohnung, Stadt, dadurch ist mir kurzfristig mein ansonsten stark ausgeprägter ruhender Pol abhandengekommen. Seit heute Morgen trage ich es mit Fassung. An schönen Tagen darf man sich niemals unnötig belasten, sie sind für den puren Genuss geschaffen." Sie schmunzelt. Auch sie reckt ihr Gesicht mit geschlossenen Augen der Sonne entgegen.

Wie bin ich auf den Gedanken gekommen, sie würde in das arabische Viertel passen? Neben den pechschwarzen Haaren besitzt sie eine viel zu helle Haut, ein eigenartiger Kontrast. Die Lippen sind schwarz geschminkt. Ihre gesamte Erscheinung kommt ohne Farbe aus. Schwarz und Weiß, sie ist ein einziger Kontrast. Zu gerne würde ich fragen, wo sie herkommt und was sie treibt, um herauszufinden, warum wir uns in der kurzen Zeit derart häufig begegnet sind, doch diese Neugierde wäre unhöflich.

„Ich bin ebenfalls neu in der Stadt", sagt sie plötzlich, als ob sie meine Gedanken erraten hätte. Ihre Augen bleiben geschlossen, ihr Gesicht der Sonne zugewandt. Erneut möchte ich nachhaken und unterlasse es. Sie ist zumindest bedeutend aktiver beim Erkunden der neuen Umgebung. Ich sollte sie mir zum Beispiel nehmen. Damit komme ich zurück zu dem Punkt auf meiner Liste: Kontakte schließen, ich sollte es besser zulassen nennen. Soeben fällt mir auf, es gibt keinen derartigen Punkt auf meiner Liste. Auch wenn sie rein gedanklich ist, sehe ich sie klar und deutlich vor mir. Schmunzelnd notiere ich das Vorhaben. Sie öffnet die Augen, blickt mich an und lächelt. Das verwirrt mich.

„Jeder sollte die Zeit nutzen, die ihm zur Verfügung steht." Ich stimme ihr zu, meine Gedanken bekommen Flügel. Ist sie eine Art Personal Coach? Passt das zu meiner Theorie, dass sie die Mutter von Yasin betreut? Vielleicht ist ihr Programm die Hilfe in allen Lebenslagen und ich sollte sie nach einem Beratungstermin fragen. Die Leistung solcher Coachs ist meistens teuer. Dann muss ich davor daran arbeiten, guten Rat auch anzunehmen. Sofort fallen mir Werbeanzeigen der Branche ein, bei denen lächerliche Standardparolen verkündet werden. Allerdings erweckt sie nicht den Eindruck, als wolle sie mir ihre kostspieligen Weisheiten aufdrängen. Ihr vornehmlichstes Interesse scheint der Sonne zu gelten, ich mache es ihr nach. Nein, falsch, ich war zuerst hier. Nun kann ich mich ent-spannen.

„Jeder muss seinen eigenen Weg finden und bis zum Ende gehen." Sie spricht sehr leise, vielleicht nur zu sich selbst. „Mit Einsamkeit kann ich umgehen", antworte ich trotzdem. „Sie ist vermutlich mein liebstes Hobby." Sie lacht. „Das verschafft dir zumindest Unab-hängigkeit in Gedanken, Worten und Werken." Ge-raume Zeit denke ich darüber nach und nicke dann heftig, obwohl sie es nicht sehen kann. Der einsame Schwan schwimmt elegant an uns vorbei, die Enten beruhigten sich, sonst ist niemand mehr unterwegs. Das erscheint mir eigenartig und ich blicke mich nach allen Seiten um, nur stille Natur, mitten in einer Stadt. Auf meiner geistigen Liste unterstreiche ich das Wort *Park* drei Mal und füge *schön einsam* dazu.

Meine Hand streicht über das warme Holz der Bank, es schimmert silbrig, Moos wächst in den Ritzen. In diesem Augenblick schiebt sich eine winzige Wolke vor die Sonne und die schwarze Frau hebt die Lider. „Die dunklen Wolken im Leben kommen meist uner-wartet und schnell." Ich betrachte den harmlosen wei-ßen Fleck und entschuldige mich bei ihm in Gedanken für die zu heftig ausgefallene Kritik. Anscheinend nimmt sich der Flausch dort oben die Aussage sehr zu Herzen und löst sich augenblicklich auf. Synchron schließen wir beide mit einem genussvollen Seufzen die Augen, ich rekle mich auf der warmen Bank. Minu-tenlang schweigen wir in trauter Einigkeit.

Wind veranlasst mich, die Augen zu öffnen und mich ihr zuzuwenden, doch sie ist verschwunden. Er-staunt blicke ich mich um, aber entdecke sie nirgendwo. Stattdessen sind Spaziergänger unterwegs, mit und ohne Hunde, Kinder spielen, ich höre das leise Scharren der Schachfiguren.

Ungläubig springe ich auf, um alles besser überblicken zu können, doch sie bleibt verschwunden. Unschlüssig drehe ich mich herum.

Und wo es zuvor trocken gewesen ist, sollen Teiche stehen, und wo es dürre gewesen ist, sollen Brunnquellen sein. Wo zuvor die Schakale gelegen haben, soll Gras und Rohr und Schilf stehen.
Die Erlösten des HERRN werden wiederkommen und nach Zion kommen mit Jauchzen. Ewige Freude wird über ihrem Haupte sein. Freude und Wonne werden sie ergreifen, und Schmerz und Seufzen wird entfliehen.

Jesaja 35, 7 und 10

14

Ich würde gerne ein Foto machen
von den ersten Regentropfen,
die auf heißem Pflaster verdampfen,
von dem Duft, der aufsteigt,
wenn kühler Regen auf heißen Asphalt trifft,
von Vögeln, die bis Mitternacht
den Frühling besingen
als würde es keinen neuen Tag mehr geben.
Ich würde gerne ein Foto machen
von dem Glück,
dass ich bei all dem empfinde,
um es mir anzusehen
an Tagen ohne Freude.

Ich möchte heute bei dem Händler vorbeischauen, bei dem mein Telefon sicher verwahrt ist. Plötzlich kommt mir ein Gedanke und ich wundere mich, dass ich ihn nicht längst hatte. Ich kaufe mein Telefon zurück, vielleicht löschte noch niemand meine Daten. Das ist unsinnig, jeder, der es verkaufen möchte, würde das zuallererst tun.

Mir ist bewusst, dass Sonntag ist, doch bevor ich nach Hause gehe, will ich dort hin. An den Weg kann ich mich gut erinnern und da ich keine Ahnung habe, in welchem Viertel der Stadt ich mich derzeit befinde, könnte es ohnehin auf dem Nachhauseweg liegen. Schwungvoll biege ich in den Hinterhof mit dem Trödelladen ab und halte erstaunt an, die Tür steht offen und Leute gehen hinein. Ein gutes Omen, denke ich und betrete den Laden, der lediglich eine Garage oder Lagerhalle ist.

Stabile Schwerlastregale, wie es sie in Werkstätten gibt, stehen auf der einen Seite, den restlichen Platz füllen Möbel jeglicher Art. Ich brauche nichts und trotzdem sehe ich mir alle an, diese alten Stücke besitzen eine bessere Qualität als die neuen in den Möbelhäusern. Mein liebevoll renoviertes Küchenbuffet begleitet mich seit dem Auszug aus meinem Elternhaus. Möbeltransporteure fluchen jedes Mal, doch einmal in meiner Wohnung steht es stabil wie vor hundert Jahren. Langsam bewege ich mich durch die Reihen und an den erstaunlich vielen Besuchern vorbei.

Vorne an der Kasse erkenne ich eine Glasvitrine mit den kleinen, teuren Dingen, die sich schnell einstecken lassen. Der Inhaber unterhielt sich mit einer Kundin, nun sinkt er hinter dem altmodischen Verkaufstresen auf einen Stuhl, zückt die Zeitung und verschwindet dahinter. Lässig schlendere ich nach hinten und begutachte sorgfältig den Inhalt der Vitrine. Es stehen mehrere Handys zur Auswahl und natürlich finde ich meines sofort.

Aufgeregtes Stimmengewirr hinter mir lässt mich herumfahren. Zwei junge Frauen schreiten auf mich zu. Verwundert sehe ich ihnen entgegen. Sie wollen nicht zu mir, sondern zu den Beständen hinter Glas. „Das meine ich, es ist ein neues Modell und total cool. Was denkst du?" Die zweite drückt die Stirn gegen die Scheibe. „Abstand halten!", braust der Inhaber auf. „Ihr verschmiert mir alles. Wer soll dann etwas sehen." Erschrocken weichen beide zurück, ich auch, obwohl ich nichts berührte. „Was meinst du?", flüstert die erste. „Sieht gut aus, lass dir zeigen, ob alles funktioniert." Die erste wendet sich an den Verkäufer. „Können wir das Handy ansehen. Es funktioniert doch noch?" Wortlos beobachte ich, wie mein Telefon die Vitrine verlässt und auf dem Verkaufstresen abgelegt wird. Wie wenn ich dazugehören würde, stelle ich mich daneben. „Da ist alles in Ordnung. Es ist gebraucht, ich ließ heute Morgen von einem Spezialisten alles auf Ausgangszustand zurücksetzen. Sie brauchen eine SIM-Karte, die verkaufe ich nicht." — „Die kann ich mir besorgen. Dann hätte ich es gerne. Sechzig Euro steht auf dem Schild und so viel bezahle ich." — „Das ist alles, was ich haben will." Der Händler schiebt es ein Stück über die Theke. Die junge Frau zückt einen Lederbeutel und die richtigen Scheine. Beides wechselt die Seiten, der Deal ist perfekt. Die junge Frau springt vor Freude in die Luft und wedelt mit der neuen Errungenschaft vor ihrer Freundin herum. „Das ist so cool. Ist das nicht cool?" Sie ist total aufgeregt. Die andere nickt und betrachtet es ein wenig neidisch. Was soll ich bei so viel Freude machen. Wenn es ihr sehnlichster Wunsch ist, dann soll sie es behalten. Zufrieden lächelnd folge ich den beiden.

Wie ein ausgelassenes Kind hüpft die stolze Besitzerin die Straße hinunter. Ihre Freundin stupst sie zuweilen an und lacht.

Ich finde die neue Eigentümerin meines Handys ziemlich cool. Die zu Zöpfen geflochtenen pinkfarbenen Haare streifen lustig über den schwarzen Kapuzenpulli. Ihre Füße ragen unter dem Schottenrock hervor und stecken zusammen mit löchrigen, dicken, schwarzen Strümpfen in wuchtigen Stiefeln. Der Träger der Umhängetasche ist so lang, dass die beinahe über den Boden streift. Sie verhält sich wie ein ausgewachsenes Kind, zumindest hat sie sich die ungebändigte Lebensfreude erhalten können. Wie um mir dies zu beweisen, springt sie auf den quadratischen Pflastersteinen, als wäre ein Hüpfspiel darauf gezeichnet. Wie alt wird sie sein? Mitte zwanzig? Schmunzelnd beobachte ich die beiden, es ist eine wahre Freude. Wann verlor ich diese Glückseligkeit? Ich halte mich für keinen betrübten Menschen, aber solch ungebändigte Gefühle und das herzliche Lachen wurde selten bei mir. Um so mehr genieße ich es, zuzusehen. Die Begeisterung beim Kauf des Telefons war bei mir nicht ansatzweise vergleichbar.

Ich folge den beiden zu einem dreistöckigen Haus, von dem der Putz bröckelt, doch stehen fast vor jedem Fenster Blumentöpfe. Derzeit ragt aus allen nur dürres Gestrüpp heraus, im Frühjahr werden die sicherlich frisch bepflanzt. An den beiden oberen Etagen gibt es Balkone mit schmiedeeisernen Gittern, auch hier vertrocknete Pflanzen. Einst war es ein prächtiges Haus, leider ist es nun sehr verwahrlost. Die Mädels verschwinden in der Eingangstür. Als sie zuklappt, wage ich mich näher heran. Jedes Klingelschild wird von unzähligen Aufklebern, auf denen Namen stehen, umringt. Ich muss lächeln, denn es erinnert mich an die Wohngemeinschaften meiner Studentenzeit.

Bei dem Versuch, die Tür aufzudrücken, bin ich überrascht, sie ist unverschlossen. Ich habe keine Ahnung, warum ich das tue, doch ich betrete das Haus. Oben höre ich eine Tür zuschlagen. Langsam gehe ich auf die unteren Eingänge zu und betrachte sie. Es sind wunderschöne Holzfacetten, von der Zeit dunkel gebeizt wie die Treppe. Erneut belustigen mich die unzähligen Namensschilder. Der Steinboden ist abgenutzt und dennoch schön. Ich steige die Stufen hinauf, beinahe jede zweite knarrt. Vermutlich verschwanden die Mädels in einer der beiden Wohnungen im ersten Stock. Natürlich sagt mir keiner der Namen etwas, trotzdem studiere ich sie zu beiden Seiten und steige in die oberen Etagen. Obgleich der Verwahrlosung besitzt das Haus Charakter, im Gegensatz zu dem sterilen Gebäude, in der meine Wohnung liegt. Sofort fällt mir das edle Domizil der Arbeitskollegin und die Party ein. Saniert wäre dieses hier vergleichbar, allerdings unbezahlbar.

Andächtig schreite ich Stufe für Stufe hinunter. Unten drehe ich mich ein letztes Mal bewundernd um. Die Eingangstür hält hinter mir still, so bemerke ich, dass sie keinen Schließmechanismus besitzt und ziehe sie ordentlich zu. Über mir ertönen Stimmen. Gegenüber ist ein winziger Park, ich überquere die Straße und schaue hinauf. Oben stehen die beiden Mädels, jede mit einer dampfenden Tasse in der Hand und schwatzen. Ein letztes Mal lächle ich hinauf, beeile mich allerdings unter den Bäumen abzutauchen. Was müssen sie denken, wenn sie mich hier sehen? Ich durchquere den Park, zu jeder Seite reihen sich ähnliche Häuser im selben Zustand. Ganz hinten sind sie bereits renoviert, woraus ich schließe, dies geschieht bald bei allen. Das Viertel mit dem winzigen Park ist viel zu schön, um unbemerkt von reichen Leuten zu bleiben. Schade für die Mädels. Ich erliege ebenfalls dem Reiz diese Gebäude, vielleicht sollte ich mich umhören, ob hier etwas frei ist und erneut umziehen.

Ich blicke mich um und entdecke eine Parkbank, sie steht im Schatten, die hellen Strahlen der Sonne rundherum schenken mir Wärme genug. Instinktiv wische ich mit der flachen Hand den Schmutz von den Holzlatten und streife sie anschließen an meinem Oberschenkel ab, zufrieden lasse ich mich nieder. In meiner Fantasie male ich es mir aus. Diese Wohnungen sind weniger hell wie meine derzeitige. Die besitzt großflächige Fenster, wogegen es hier nur kleinformatige Sprossenfenster gibt. Nicht die leicht zu reinigende moderne Variante mit durchgehender Glasscheibe und innen liegenden Sprossen, sondern das Original, bei dem jedes kleine Quadrat mühevoll gewischt werden muss. Auch das schreckt mich nicht ab. In meinem Kopf taucht eine Erinnerung auf. Ich sehe eine Person, die ich bei dieser mühevollen Tätigkeit beobachte, wie sorgfältig die Finger erst den Lumpen und anschließend die Zeitung bis tief in die Ecke drücken. Es fällt mir niemand aus meiner Verwandtschaft ein, der in einem Haus mit solchen Fenstern wohnt. Ist es Erinnerung oder pure Fantasie? Geraume Zeit versuche ich dem Bild näher zu kommen und bin mir sicher, es ist eine Kindheitserinnerung. Endlich schüttle ich den Kopf und widme mich wieder den Häuserfassaden.

Altbauwohnungen sind romantischer. Bei dem Gedanken lache ich laut auf. Ich bin definitiv unromantisch. *Die Wohnung darf es sein*, kontere ich mir selbst.

Ich stelle mir den wunderschön geschwungenen, hölzernen Treppenaufgang vor. Trete im Geist durch die massive Wohnungstür, sehe den engen Flur, von dem durch ebenso alte, stabile Facettentüren die einzelnen Zimmer zu erreichen sind. Bei einem Blick hinauf zu den Fenstern berechne ich die Quadratmeter. Vermutlich ist jede Wohnung gleich geschnitten. Es könnten hundert Quadratmeter sein. Eine der obersten muss es sein, dort gibt es mehr Lichteinfall. Wegen meiner alten, unteilbaren Möbel brauche ich eine Umzugsfirma mit Hebebühne, vorausgesetzt die Fenster sind groß genug. Ich schwelge weiter in meinen Vorstellungen, im Geiste bin ich schon umgezogen. Einem plötzlichen Einfall folgend recke ich mich nach oben, um vielleicht eine Dachgeschosswohnung zu entdecken, doch dazu bräuchte ich mehr Abstand. Eine Mansarde wäre das höchste aller Gefühle, davon wird es allerdings keine geben. Als diese Häuser gebaut wurden, hängte man im Speicher die Wäsche auf oder stapelte Kartons mit selten benutzten Gegenständen in winzige Abteile mit Lattengittern als Wände, durch die neugierige Blicke entdecken können, mit was die Nachbarn sich beschäftigen, welche geheimen Leidenschaften sie pflegen und was sie derart gering schätzen, damit es hier landet. Die hässliche Vase der Schwiegermutter und langweilige Lektüre, die der Erbonkel schenkte, das nervige Spielzeug von Oma und Opa.

Als ich hierherkam, wohnte ich zwei Wochen lang in einer Pension. Vorort lässt sich viel leichter eine Wohnung finden. Jeden Abend besichtigte ich eine andere. Es stresste mich gewaltig neben all den Anforderungen einer neuen Arbeitsstelle, doch es musste sein. Meine alte Wohnung war bereits gekündigt. Nach allem, was ich sah, war ich mit meiner Wahl äußerst zufrieden. Darum überrascht es mich, wie leicht ich nun geistig wieder ausziehe.

Mein Blick sucht die Häuserfronten nach Zeichen von Leerstand ab, allerdings sind fehlende Vorhänge längst kein Hinweis mehr dafür. Ich springe auf und laufe von einem Eingang zum nächsten und sehe bald ein, Namensschilder bleiben nach dem Auszug zurück wie eine Eintrittskarte ins Geschichtsbuch. Ich sollte die Mädels ansprechen, die wissen sicherlich, wer hier vermietet oder vielleicht sogar verkauft.

Ich kehre zurück zu meiner Parkbank, wische geistesabwesend erneut den Schmutz weg, lasse mich nieder und betrachte weiter die Häuser. Inzwischen bin ich mir sicher, ich werde hierher umziehen. Soeben biegt ein Typ um die Ecke, der ein klappriges Fahrrad schiebt, eine junge Frau läuft daneben her und unterhält sich mit ihm. Er lacht auf, sie nickt heftig. Plötzlich erregt etwas ihre Aufmerksamkeit und sie winkt jemanden zu, der durch Büsche verdeckt ist, auch ihr Gesprächspartner hebt lässig die Hand. Danach führen sie ihr Gespräch fort. In diesem Bezirk kennen sich die Nachbarn.

Von der anderen Seite schiebt eine gebrechliche Frau ihren Rollator vor sich her, ich staune über die Routine, mit der sie die Tür aufstößt und ihr Gefährt über die Stufe hebt. Sicherlich bewohnt sie die unterste Wohnung, denn Fahrstühle gibt es keine.

Hinter mir stürmt ein winziges Fellknäuel heran, gefolgt von einem kleinen Jungen am anderen Ende der Leine. Beide verschwinden kurz darauf in einem Haus, der Kleine schließt ordentlich die Tür hinter sich. Von drinnen höre ich das gedämpfte Kläffen des Hundes. Ein Mitbewohner mit grauem Resthaar um die Glatze herum beobachtete missmutig die beiden aus seinem Fenster heraus, anschließend zückt er ein Taschentuch, um seine Brille zu putzen und zieht die Vorhänge zu.

Ein Mann im mittleren Alter tritt aus einer anderen Tür, klappt den Kragen seines Mantels trotz Sonnenschein hoch, zieht die Mütze tiefer in die Stirn und läuft davon, während er sich Handschuhe anzieht. Lächelnd folge ich ihm mit den Augen, erstaunlicherweise war mir während der letzten beiden Tage selten kalt, doch dies könnten meine Routinen sein, wenn ich außer Haus gehe.

Die Stimmen der beiden Mädels dringen an mein Ohr und lassen mich hochfahren. Meine Augen suchen und finden sie am hinteren Ende des Platzes. Ohne lange nachzudenken eile ich durch den winzigen Park und bremse meine Schritte im angemessenen Abstand zu ihnen. Schon verschwinden sie um eine Ecke.

Aus dem Augenwinkel fällt mir eine Bewegung zwischen den Bäumen auf. Eine Person läuft auf der anderen Seite die Straße entlang. Immer wieder wird sie durch Gebüsch verdeckt, trotzdem bilde ich mir ein, es ist die Lady in Black, es könnte allerdings eine Täuschung sein.

Da sah man die Tiefen der Wasser und des Erd-
bodens, Grund ward aufgedeckt vor deinem
Schelten, vor dem Odem und Schnauben deines
Zorns.
Er streckte seine Hand aus von der Höhe und
fasste mich und zog mich aus großen Wassern.
Er errettete mich von meinen starken Feinden,
von meinen Hassern, die mir zu mächtig waren,
sie überwältigten mich zur Zeit meines Un-
glücks, aber der HERR ward mir meine Zuver-
sicht.
Er führte mich hinaus ins Weite, er riss mich
heraus, denn er hatte Lust zu mir.

Psalm 18, 16-20

15

Elementarteilchen

ein kleines Teil

ein Element

ein Teilchen in seinem Element

ein Teilchen in seinem Elend

ein Teilchen, alleine

ein Element in einer Menge

ein Element alleine in der Menge

eine Menge voller Elemente

umkreist, eingekreist, eingekesselt

wie Blüten, die auf Wasser schwimmen

die Schatten auf den Boden werfen

neue Teile, neue Elemente

neue Elementarteilchen

in einem anderen Element

Sonnenstrahlen, die mit den Schatten spielen

in dem anderen Element.

Wissen die Teilchen, dass sie Schatten werfen?

Wissen die Schatten, dass sie nur Schatten sind?

Wo können die Teilchen ihre Schatten treffen?

Werden sie sich verstehen?

Innerhalb kürzester Zeit befinden wir uns vor dem Park, die beiden schlendern im Gespräch vertieft weiter. Inzwischen erscheint mir alles sehr vertraut, darum nicke ich gelassen, als wir den Pavillon erreichen, an dem ich gestern mit dem Dieb vorbeikam. Ich bin mir sicher, es ist derselbe. Auch jetzt sitzen junge Leute herum, allerdings gab es einen Schichtwechsel. Es wird kein Alkohol herumgereicht, nun sind es Limonade und Chipstüten.

Die im Schottenrock zeigt stolz ihr neues Telefon und erhält bewunderndes Nicken. Einen Augenblick später sitzt sie darübergebeugt und scrollt sich durch die Funktionen. „Oh man schade, dass ich morgen erst eine Karte kaufen kann. Ich kann es kaum erwarten." Nun folgt eine langatmige Diskussion über den besten Anbieter, die beinahe in einen Streit ausartet. Bald ist das Thema uninteressant, sie teilen sich in Grüppchen auf und unterhalten sich leise. Ein friedliches Bild, wie ich finde, darum setze ich mich in der Nähe auf eine Bank, die Sonne scheint unbeirrt weiter, als würde sie bereits den Frühling einleiten wollen.

Inzwischen ist es sicherlich Mittag und viel zu schön, um zu Hause Kartons auszupacken und Möbel zu rücken. Die laufen nicht davon.

Als ich kurz die Augen öffne, um zu beobachten, was um mich herum geschieht, blinzle ich ungläubig denjenigen an, der da auf mich zukommt. Es ist der Dieb, ich hätte nie gedacht, ihn wieder zu treffen. Nun setzt er sich sogar auf dieselbe Bank. Déjà vu. Er auf der einen Seite, ich auf der anderen. Dieses Mal bin ich viel besser gelaunt. Ich rücke näher. „Hallo!" Er reagiert nicht und schaut zu den Mädchen. Ich rutsche weiter heran. „Hallo!" Keine Reaktion. Ich wiederhole es lauter. Endlich blickt er in meine Richtung, schweigt aber. Irgendetwas scheint ihn zu beunruhigen, doch ich begrüßte ihn ausgesprochen freundlich. Plötzlich springt er schreiend auf. Was soll das? Ich will nur reden.

Gegenüber wird es irritiert beobachtet. Er läuft genau auf die beiden Mädels zu, die springen erschrocken auf. Er hebt beschwichtigend die Hände und wendet sich zu mir. Ich bleibe sitzen, ich will ihm nichts mehr tun, wollte es vermutlich nie. Ich war völlig entspannt, bis er diese Show abzog. *Junge, du bist peinlich*, denke ich mir.

Genau das scheint ihm soeben aufzufallen. Er setzt sich im respektvollen Abstand zu den Mädchen und lässt den Kopf verzweifelt zwischen die Knie sinken. Die beiden beobachten es genauso erstaunt wie ich. *Ich tat ihm nichts*, möchte ich erklären, doch dazu müsste ich die ganze nervige Geschichte hervorholen, die ich versuche zu vergessen.

Lange denke ich darüber nach, doch ich werde ihn keinesfalls von jeglicher Schuld freisprechen, vielmehr wäre nun eine gute Gelegenheit, um sich bei mir zu entschuldigen. Erwartungsvoll schaue ich hinüber, sein Kopf steckt weiterhin zwischen den Knien, soll das die Vogel-Strauß-Taktik sein? Verständlich, wie soll er wissen, dass ich mich beruhigt habe, vermutlich denkt er, ich würde ihn sofort zur Polizei schleppen. Ich werde keinesfalls hinüber gehen und ihm Entwarnung geben, das verdient er nicht. Mir fällt auf, dass ich erneut in Rage gerate und lehne mich entspannt zurück, blicke zur Sonne, schließe die Augen und atme tief durch.

Als ich sie wieder öffne, unterhalten sich die Mädels aufgeregt und werfen andauernd verstohlene Blicke zum Dieb hinüber. Sie brachten sich Tee mit, die Tassen stehen inzwischen neben ihnen auf der Stufe. Nun ergreift die mit den pinken Zöpfen die Thermoskanne und schenkt nach, anstatt zu trinken, erhebt sie sich jedoch, geht zum Dieb hinüber, schubst ihn vorsichtig an und reicht ihm die Tasse, als er den Kopf hebt. Sein Blick ist misstrauisch, sie bleibt vor ihm stehen, zögernd ergreift er die Tasse, nimmt einen Schluck und gibt sie ihr zurück. Sie deutet mit einer Handbewegung an, er soll austrinken, sie sagt etwas, doch sie sind zu weit weg. Sie winkt ihrer Freundin zu, die erhebt sich, packt ihrer beider Taschen, die Thermoskanne und die zweite Tasse und balanciert alles hinüber. Die Pinke lacht und eilt ihr zur Hilfe. Mit derselben Fröhlichkeit reden bald beide auf den Dieb ein, der verhält sich sehr zurückhaltend.

Sie deutet zu mir herüber, er folgt ihrer Hand, hält inne und schüttelt dann heftig den Kopf. Es würde mich sehr interessieren, was besprochen wird, allerdings wäre der Typ alles andere als begeistert, wenn ich mich dazugesellen würde. Ich schmunzle. Das wäre mehr als unfair, da ich vor einer Minute meine Friedfertigkeit bekundete, zumindest mir selbst gegenüber. Das war ein wichtiger Moment. Nicht nur er, sondern auch ich muss einen deutlichen Schlussstrich ziehen. Er hatte seine Gründe, sich mein Telefon zu schnappen, ich meine, ihn zu verfolgen und vermutlich dabei heftig zu bedrängen, das ist nun vorbei und wir sollten es beide vergessen. Wir werden keine besten Freunde werden, aber ein friedliches Desinteresse kann ich mir gut vorstellen.

Drüben redet die Pinke weiter leise auf den Dieb ein. Inzwischen sitzt sie neben ihm und schenkt Tee nach. Sein Misstrauen ist verschwunden, er nippt am heißen Getränk, schaut zwischen den beiden Mädels hin und her, das eine oder andere Mal zu mir. Ich versuche zu lächeln. *Friedliches Desinteresse*, moniert eine Stimme in meinem Kopf. Ich schmunzle. *Nagle mich nicht auf ein paar Wörter fest, dass neu erfinden steht bereits auf meiner Liste und ich denke dabei an mein gesellschaftliches Leben, das bisher komplett fehlt, es ist unnötig, mich darauf hinzuweisen.* Die Stimme schweigt, ich kann es hören und der kritische Blick meines zweiten Ichs schwebt vor meinem inneren Auge. Wir beide kennen uns einfach schon viel zu lange.

Im Pavillon mischen sich die Grüppchen neu durch, ein Pärchen gesellt sich zu den Dreien, sie kommen mir seltsam bekannt vor. Es dauert einige Sekunden, bis ich in ihnen die beiden aus der U-Bahnstation erkenne. Erst unterhalten sie sich sehr gedämpft, dann dringen Wortfetzen bis zu mir herüber. Die Freundin der Pinken lacht hell auf und wird gerügt. „Wie kannst du behaupten, es gibt keine Parallelwelten, es wäre Platzverschwendung, wenn unsere die einzige wäre, der Äther ist unendlich. Schau dir die Ameisen an." Die soeben noch lachte, springt nun entsetzt auf. „Nein, du kannst dich beruhigt hinsetzen, Gabi, derzeit ist es ihnen zu kalt zum Herumlaufen. Wir wissen inzwischen, sie sind verdammt intelligent und trotzdem betrachten wir sie als minderwertig und lästig." Die Worte stammen von Mira, dem weiblichen Teil des Pärchens. Während sie spricht, schwingen ihre Arme theatralisch durch die Luft, sogar ihre Füße sind am Sprechen beteiligt. „Ich kann mir gut vorstellen, dass es in einer Parallelwelt Wesen gibt, die uns wahrnehmen und als ebenso minderwertig erachten, weil sie vielleicht höher entwickelt sind oder einfach anders und sie halten sich selbst, wie wir, als hochwertiger. Warum sollen wir die einzigen sein, die sich als die Krönung der Schöpfung ansehen?" Ted, ihr Partner nickt ernst. Die Namen der beiden fallen mir soeben ein, der Dieb erwähnte sie mir gegenüber, als wir uns gestern auf der Bank unterhielten. Die Pinke schaut nachdenklich nach oben, wie es vermutlich Ameisen tun, denen wir zu nahe kommen, der Dieb folgt ihrem Blick und nickt ernst.

„Und du wirst von einer Ameise verfolgt, Tobi?", wendet sich der männliche Teil des Pärchens an ihn. „Nein", schreit der Dieb auf. „Ich ... ich ... also ich habe Blödsinn gemacht und die Betroffene nimmt mir das natürlich übel." — „Und sie verfolgt dich?" — „Ja." Er blickt zu mir herüber. „Nein", korrigiert er sich. „Was nun?" — „Nein, sie verfolgt mich nicht wirklich. Nur ... nur ihr Geist." Ted blickt irritiert, er überlegt lange, alle anderen starren Tobi an. „Du meinst", startet Ted erneut, „dein schlechtes Gewissen verfolgt dich." Der Dieb schüttelt verzweifelt den Kopf, springt auf und im Fortlaufen ruft er zurück. „Vergesst, was ich gesagt habe, es war ein Scherz."

Die Pinke erhebt sich ebenfalls, packt ihre Tasche und sprintet hinterher. „Ihr seid blöd, ihr redet andauernd dazwischen. Mich interessiert, welche Erfahrungen er machte", wehen die Worte hinter ihr her.

"Das ist unfair, Gabi, sag deiner Freundin bitte, wir hörten sehr wohl zu, obwohl Tobi manchmal schon schräg drauf ist. Stimmt doch?" Der weibliche Teil des Pärchens wirft dem männlichen einen auffordernden Blick zu, der geht sofort darauf ein. "Was Mira meint, ist, er benimmt sich seit ein paar Tagen eigenartig, so gehetzt. Außerdem hast du ihn ausgelacht, als er von seinem unsichtbaren Wesen erzählte." Beide betrachten nun das zurückgebliebene Mädchen. Ich starre sie ebenfalls an: Unsichtbar!?! "Gestern erzählte er Ähnliches, wir trugen es mit Fassung, er war ziemlich betrunken." — "Ja, gebt es mir, Sandy wird total sauer sein, wenn sie zurückkommt. Ich wollte ihn nicht auslachen, es klang nur so verrückt, was er daher stotterte. Ihr kennt ihn schon länger?" — "Ja, wir hängen oft mit ihm ab und pennen manchmal bei ihm in der U-Bahnstation. Er kann coole Geschichten erzählen, wir forderten ihn schon oft dazu auf, er soll sie aufschreiben und verkaufen, manchmal driftet er dabei ab. Normalerweise geht es ihm gut dabei, wir lachen zusammen darüber, derzeit ist er anders drauf." — "Er fängt sich wieder", ergänzt Mira. Alle drei blicken den beiden hinterher, die längst verschwunden sind.

Plötzlich schreie ich freudig auf. Die Pinke, Sandy heißt sie, wie ich gerade erfuhr, ist mit meinem Telefon davon und ich spürte keinerlei Drang, ihr hinterherzueilen. Nun habe ich die Sache endlich abgehakt. Erleichtert lehne ich mich an das warme Holz der Bank und schließe die Augen. Die letzten beiden Tage waren ein Albtraum, das ganze Hinterherhetzen war die Sache nicht wert. Ich habe wieder die mir eigene Ruhe gefunden, das Leben kann weitergehen. Vermutlich schauen mich nun die Vorübergehenden irritiert an, sie sehen mein idiotisches Grinsen und kennen den Grund dafür nicht.

„Schade, dass wir in der U-Bahn kein Feuer machen dürfen, zu Tobis Geschichten würde es passen, alle würden stehen bleiben und lauschen. Du musst unbedingt einmal hinkommen. Vermutlich brütet er eine neue Story aus, über Parallelwelten und Geister, die von einer zur anderen hinübergleiten. Huh, klingt schauerlich, mir läuft es eiskalt den Rücken hinunter." Ted grinst Mira an und nickt. „Du solltest mit ihm darüber reden und deine Ideen mit einbringen." — „Jetzt verstehe ich, ihr wollt mir erklären, er erfand eine Geschichte. Dann ist er einerseits ein ausgezeichneter Erzähler und andererseits ein hervorragender Schauspieler. Wie er zu uns herüberstürzte und verzweifelt schrie, klang verdammt echt." Das Pärchen lacht, Gabi stimmt mit ein. „Hoffentlich sagt er das Sandy, dann ist sie weniger sauer auf mich." Auch ich nicke zustimmend, das erklärt einiges.

Ich sonne mich weiter und drüben wird philosophiert. „Der Übergang könnte tatsächlich in einer U-Bahnstation sein. Die Eingeweihten öffnen eine Tür, wie sie dort häufig zu finden ist, hinter denen die ganze Technik steckt. Es gibt natürlich einen Code oder ein geheimes Zeichen." — „Zeichen ist gut, so etwas, was Gandalf auf Bilbos Tür malte?" — „Und in der anderen Welt gibt es nur Wasser und bei denen, die soeben wie normale Menschen aussahen, öffnen sich Kiemen." — „Unter den Armen." — „Natürlich, wo sonst." — „Sie unterhalten sich mit Fischen und je länger sie dort sind, desto mehr verwandeln sie sich selbst zu einem." — „Und hier verstecken sie ihre Tentakel unter schicken Armanianzügen." Alle lachen. „Ich ahnte, dass bei den Reichen irgendetwas falsch läuft." Lachen. „Wenn ich den Geruch unter den Ärmeren wahrnehme, denke ich immer, da ist etwas faul." Gabis schenkt sich Tee ein und verschüttet die Hälfte vor Lachen. „Unsere Vorstellungen sind zu normal. Warum sollten die Wesen in anderen Welten Arme, Beine oder Flossen haben. Wie wäre es, wenn all unsere Gedanken davonfliegen würden, um an einer anderen Stelle zu Realitäten werden." — „Und die Gedankenwesen paaren sich." — „Genau, und ihre Kinder sind Schatten in der nächsten Welt, die lediglich die Farben Schwarz und Weiß kennen." — „Die Grautöne müssen auswandern und werden in unserer Welt zu Menschen." — „Oh ja, solche kenne ich zu genüge. Da bin ich lieber die Schuppe eines Fisches, der Flügel bekam, der mich verliert und während mich der Wind fortweht, wachsen mir Arme, mit denen ich mich an den Wolken festhalten kann und die Füße brauche ich nur zum Baumeln lassen." — „Mich hat ein satter Gedanke geboren." Ted klopft dabei auf seinen ansehnlichen Bauch. „Dann bin ich der Funke aus einer Feuerwelt", kontert Gabi und wedelt mit ihren hellroten Haaren. „Und ich bin ein Nebenprodukt der Zeit, als sie sich im Raum verirrte", ergänzt Mira.

Schmunzelnd lausche ich den Ausgeburten ihrer Fantasie. Nun sollte ich wirklich nach Hause gehen. Schade, dass die Lady in Black fort ist, zum Abschied würde ich zu gerne mit ihr einen Kaffee trinken, bevor ich mich in meiner Wohnung in die Arbeit stürze.

Selig sind, die da Leid tragen, denn ihrer ist das Himmelreich.
Selig sind die Sanftmütigen, denn sie werden das Erdreich besitzen.
Selig sind, die da hungert und dürstet nach der Gerechtigkeit, denn sie sollen satt werden.
Selig sind die Barmherzigen, denn sie werden Gott schauen.
Selig sind die Frieden stiften, denn sie werden Gottes Kinder heißen.
Selig sind, die um der Gerechtigkeit willen verfolgt werden, denn ihrer ist das Himmelreich.

Matthäus 5, 3-10

16

Ich hatte einen Traum.

Ich lief durch die Nacht, sah die Morgenröte
und ich war der Mond, so ruhig und kühl.
Ich lief weiter, sah einen uralten Baum
und ich war der kleine Käfer,
der die raue Borke hinaufkrabbelte.
Ich lief weiter, hörte den Wind
und ich war ein Vogel, ein Bussard,
der am Himmel kreiste.
Ich lief weiter, sah einen Raben
schwarz wie die Nacht
und ich war unendlich weise.
Ich lief weiter, sah den Himmel so blau
und ich war eine große gelbe Sonnenblume.
Ich lief weiter, sah Rehe
und ich lief mit ihnen,
spürte eine Kraft
spürte eine Macht,
die alles mit sich zog.
Ich erwachte und fühlte,
dass es meine Kraft war,
dass es meine Macht war
und ich versuchte es nicht mehr zu vergessen.

Schwungvoll erhebe ich mich, werfe den Leuten am Pavillon einen letzten Blick zu und mache mich auf den Weg nach Hause. Das klingt gut: nach Hause.

Die letzten beiden Tage war ich vorübergehend in Schieflage gekommen, wie ein kleiner Baum, den man in der Gärtnerei unachtsam abstellte. Nun werde ich in meine neue Wohnung gehen und nachsehen, ob es dort Erde gibt, um mich einzupflanzen. Es wird höchste Zeit, bevor die Wurzeln vertrocknen.

Sofort habe ich einen Plan. Der Park ist viel zu wichtig als Naherholungsgebiet der Städter, also gibt es an irgendeiner Seite eine U-Bahnstation. Zielstrebig starte ich zu einer Umrundung.

Die Grünanlage füllte sich inzwischen und ich schlängle mich durch die Besucher, zu Fuß, auf Skatern, Rollern oder Fahrrädern. Endlich sehe ich die schmiedeeiserne Grenze zum Häusermeer. Das scheinen Parallelwelten zu sein, ich tauche aus der einen auf und in die nächste ein. Ohne große Eile folge ich dem Zaun. Vermutlich hätte ich die andere Richtung wählen sollen, denn es dauert eine Ewigkeit, bis tatsächlich ein U-Bahnschild auftaucht. Schritt eins ist getan.

Ich setze mich in die nächste einfahrende Bahn. In der Station konnte ich keinen gesamten Plan aller Linien entdecken. Sobald die Menschenmenge dichter wird, werde ich aussteigen. Wo viele Leute sind, muss es ein Leitsystem geben, Richtungsschilder, Stadtpläne oder ähnliches.

Gelassen bleibe ich sitzen, bis die Endstation ange-kündigt wird, ohne dass mehr Leute zugestiegen sind. Falsche Richtung, es ist eine fünfzig zu fünfzig Chan-ce. Mal sehen, ob ich die Trefferquote steigern kann. Der Rückweg ist bereits vertraut, die Haltestelle Kai-serpark merkte ich mir. Danach bevölkert sich die Bahn rasch. Ich bin unschlüssig, wo ich aussteige, so folge ich einfach der Frau, die neben mir saß. Ein wei-ser Entschluss, diese Station hat alles, was ich mir wünsche: Menschenmassen und Pläne jedweder Art. Und schon setzt mein Fluchtinstinkt ein. *Du wolltest dein Gesellschaftsleben erweitern, dann musst du dich daran gewöhnen*, meldet sich sofort die innere Stim-me. Ich nicke und schlängle mich hindurch bis zu einer Wand mit einem Stadtplan. Mit dem kann ich leider gar nichts anfangen. Bisher interessierte mich lediglich der Weg zwischen Wohnung und Firma. Letztere erreiche ich mit der U-Bahn, erstere nur mit dem Bus. Auf dem Plan entdecke ich die Station meiner Arbeitsstelle und folge der Linie bis zu dem Ort, an dem ich den Bus nehme. Ein weiterer prüfender Blick sagt mir, ich muss zwei Mal umsteigen, um dort hinzukommen.

Ein letztes Mal fährt mein Finger den Weg ab und ich versuche mir die entscheidenden Namen zu mer-ken, bevor ich der Treppe zum Zug folge. Die Tür zu einem Technikraum fällt mir unterwegs auf und ich muss lachen. Das nächste Mal werde ich nachsehen, wohin sie mich bringt.

Es ist ganz einfach. Bald stehe ich an der Straßen-ecke, an der ich in den letzten Wochen an jedem Ar-beitstag den Bus zu meiner Wohnung bestieg. Sogar den Fahrer sah ich schon einmal. Es ist ein völlig neues Gefühl, auf Bekanntes zu treffen. Unglaublich, dass es das in dieser Stadt schon gibt. Es stimmt mich zuversichtlich. Über jede vertraute Ecke freue ich mich, die Litfaßsäule, auf der Plakate unzählige Veranstaltungen ankündigen, die Parkbank neben dem Großstadtverkehr, das Fenster im Hochparterre, an dem anscheinend zu jeder Zeit eine alte Frau herausschaut, der Buchladen, vor dessen Auslage ich manchmal stehen bleibe, der Bäcker, aus dessen Laden mir jeden Morgen betörender Duft entgegenströmt. Als ich endlich an der heimatlichen Haltestelle aussteige, wird die Freude zur Glückseligkeit. Was bildete ich mir die letzten Tage ein? Natürlich besitze ich ein Zuhause. *Dort*, rufe ich mir innerlich zu, als ich mein Fenster in der obersten Etage des fünfstöckigen Hauses entdecke. Es mag eine schlichte, kahle Fassade haben, doch es steht rundum im Grünen, auch wenn es nur ein schmaler Rasenstreifen mit einer spärlichen Reihe Bäume ist. Beinahe jauchze ich laut auf, als ich den Schlüssel ins Schloss stecke. Mit jeder Etage, die der Fahrstuhl nach oben gleitet, wird mein Herz leichter. Geradezu andächtig öffne ich die Wohnungstür.

Natürlich herrscht hier das totale Chaos, aber es ist mein Durcheinander aus sehr vertrauten Dingen. Liebevoll streiche ich über das grobporige Eschenfurnier meines alten Küchenbuffets. Es steht bereits am richtigen Platz, der Herd muss noch angeschlossen und die restliche Küchenzeile zusammengeschoben werden. Ich wandere weiter ins Wohnzimmer. Dort muss ich einiges umstellen, weil ich die Lichtverhältnisse besser nutzen möchte. Im Schlafzimmer werde ich das

Bett drehen, damit ich den Nachthimmel sehe. Ich liebe den Anblick der Sterne, wenn ich nachts aufwache und kein anderes Gebäude ist nahe und hoch genug, um mir diese Sicht zu verstellen. Verträumt flaniere ich entlang der aufgestapelten Kartons in allen Räumen. In ihnen steckt mein Zuhause. Ich konnte es einfach in Zeitungspapier wickeln und hierher transportieren lassen. Es wird mir überall hin folgen. Ich öffne den Karton mit der Aufschrift KÜCHE. Mit einem erfreuten Schrei ziehe ich an dem Wollpullover zwischen den Originalkartons der hauchdünnen Weingläser. Den werde ich die nächste Zeit gut gebrauchen können. Es wurde in der letzten Woche empfindlich kalt, obwohl alle Prognosen von grünen Weihnachten erfüllt wurden und auch der Neujahrstag lediglich Raureif bieten konnte.

Vorsichtig ziehe ich die Schachteln mit den Gläsern heraus. Als umzugsgeübter Mensch hebe ich alle Verpackungen für wichtige Gegenstände auf. Die Weingläser überstanden so manchen Umzug. Sacht rüttle ich sie und höre kein Klirren. Zufrieden öffne ich den Deckel. Sechs Rotweingläser blicken mich erwartungsvoll an. *Endlich der Dunkelheit entkommen*, höre ich sie stöhnen. Bei einem Rundblick erkenne ich, es gibt derzeit keinen sicheren Abstellort für sie. *Keine Panik, ich hole euch raus.* Schon will ich die Küchenzeile zusammenrücken, ich besitze einzelne Möbelteile, da ich Einbauküchen hasse. Plötzlich kommt mir ein anderer Gedanke. Entschuldigend winke ich den Gläsern zu.

Im Schlafzimmer steht der riesige Rollkoffer, in dem ich die wichtigsten Dinge mit mir brachte. Inzwischen stapelt sich die Kleidung in ordentlichen Reihen daneben die Wand entlang. Ich suche mir eine bequeme Jogginghose und einen dicken Kapuzenpulli. Beim Hinausgehen drehe ich die Heizung höher, auch in allen übrigen Räumen. Im Bad grinse ich dem Duschkopf an. Deine Wohltat benötige ich dringend.

Heißes Wasser fließt an meinem Körper herab, die Seife hinterlässt weißen Schaum auf meiner Haut, die Haare fühlen sich erst nach der zweiten Wäsche geschmeidig an. Auch als alles längst abgespült ist, genieße ich die fließende Wärme. Das weiche Handtuch umschlingt und trocknet mich.

Erfrischt und sauber löse ich die Transportsicherungen der Waschmaschine, schließe sie an, schiebe sie in Position und fülle sie. Längst sammelte sich ein Berg Schmutzwäsche, Waschpulver kaufte ich bereits vor Tagen. Gemächlich dreht die Trommel ihre Runden, eine Zeit lang sehe ich zu. Schon will ich das Bad verlassen, als ich es mir anders überlege. Das hohe schlanke Regal mit den vielen Schubladen ist rasch an die richtige Stelle geschoben und der Inhalt des Kartons mit der Aufschrift BAD im Handumdrehen eingeräumt. Die Handtücher riechen gut genug, um sie zu benutzen. Die wenigen Kosmetika des täglichen Gebrauchs reihe ich auf dem Tisch des Waschbeckens auf. Zufrieden drehe ich mich um die eigene Achse. Der erste Raum ist bewohnbar. Nun lösche ich das Licht und schlendere durch die anderen.

Die Weingläser starren mich mahnend an. An den langen Abenden der letzten Wochen putzte ich die Wohnung gründlicher als es nötig war, der Staub, den die Umzugsfirma mitbrachte, ist schnell weggefegt.

Nachdenklich betrachte ich die Schränke, die in der Küche verstreut stehen. Mit den Hängeschränken werde ich mich die nächsten Abende beschäftigen, sie anzubringen ist für eine Einzelperson ein wahrer Kraft- und Balanceakt, der mir vom letzten Umzug in bleibender Erinnerung ist. Auch dieses Mal werde ich es schaffen, doch nicht heute. Das schwere Küchenbuffet ließ ich mir bereits am richtigen Ort aufstellen.

Ich schiebe die unteren Schränke zusammen und lege die dicke Platte darüber. Die Spüle schloss ich am Tag ihrer Ankunft bereits an, denn das Wasser in der Küche war dringend nötig und der Kühlschrank summt leise. Als ich die Tür öffne, erblicke ich gähnende Leere. Es kamen während meiner Abwesenheit also keine fleißigen Geister, um ihn zu füllen. Das einzige ist eine halb volle Milchflasche und ein Stück Käse. Den gönne ich mir nun zum Wein. Davon legte ich mir gleich nach dem Einzug eine stattliche Auswahl zu, saisonbedingt dunklen Rotwein, im Sommer trinke ich gut gekühlten Weißen. Die Flaschen reihen sich auf dem Fensterbrett.

Ich suche und finde den Wasserkocher und lasse ihn Wasser zum Geschirrspülen bereiten. Die Kartons mit dem Geschirr reihe ich vorsichtig an der freien Wand auf und öffne sie, um mir einen Überblick zu verschaffen. Heute möchte ich nur das spülen, was ich unbedingt brauche, mit dem Rest kann ich mich die nächsten Tage beschäftigen. Bald stehen die Rotweingläser, ein paar Tassen und Teller sowie etwas Besteck tropfend und trocknend auf einem Geschirrtuch, mit einem anderen poliere ich ein Glas.

Wie eine heilige Zeremonie öffne ich den Wein, den ersten in der neuen Wohnung, lasse ihn mit viel Abstand ins Glas rauschen, ziehe genießerisch den Duft ein und gebe ihn beim Schwenken Zeit zum weiter atmen.

Im Wohnzimmer schiebe ich die einzelnen Elemente des Sofas zusammen, entzünde eine Kerze, die mir soeben in den Küchenkartons begegnete, sinke auf die Polster, nehme einen Schluck und lasse ihn meine Kehle vereinnahmen, danach atme ich tief durch. Endlich ankommen.

Die Sonne versinkt unspektakulär hinter den Häusern, wie sie das hierzulande jeden Tag tut. Sicherlich würde ich irgendwo in meinen bescheidenen Habseligkeiten schnell die alten Fotoalben von längst vergangenen Urlauben in sonnigen Gefilden finden, auch auf meinem PC sind reichlich abgespeichert. Es genügt aber, die Augen zu schließen. Was ich sofort sehe, sind sanfte Wellen, die im steten Rhythmus meine Füße umspülen, sie versinken tiefer im Sand. Das Rauschen aus meiner Erinnerung entspannt mich. Ich tauche tiefer in die Polster ein, als das Material es zulassen sollte, meine Fantasie ist stärker, ich fühle mich geborgen und unendlich zufrieden. Alles wird gut.

Kurz schlafe ich ein und schrecke auf, als das Glas zur Seite kippt, ich kann es gerade noch abfangen. Es hätten die ersten Rotweinflecken in der neuen Wohnung werden können. Lange denke ich darüber nach, ob es dazu einen Glück oder Unglück bringenden Aberglauben gibt. Es fällt mir nichts ein. Sinnierend betrachte ich meinen Schlafsack, den ich vorerst hier im Wohnzimmer ausrollte. Demnächst nächtige ich wieder in einem richtigen Bett, doch er bot mir die letzten Wochen ausreichend Geborgenheit, schließlich begleitete er mich auf so manchen Urlaub, ich meine die Sonne darin zu riechen, obwohl ich ihn nach jeder Reise zur Reinigung bringe.

Genussvoll grabe ich mich tiefer in die Polster. In diesem Moment erinnere ich mich an die Mail, die ich meinem Arbeitgeber wegen meiner Unpässlichkeit schickte. Morgen sollte ich wirklich zu Hause bleiben und die Anstrengungen der letzten Tage verarbeiten. Mit einem tiefen Schluck und einem Nicken ist es genehmigt.

Unter geschlossenen Lidern beobachte ich die beruhigende Wellenbewegung um meine Füße, Salzgeruch steigt in meine Nase und der Duft von Käse. Ich öffne die Augen und betrachte das kleine Stück neben mir auf dem frisch gespülten Teller, herzhaft beiße ich hinein. Der erste Happen seit dem Buffet auf der Party, fällt mir sofort ein. Es gab Hummer, ist der zweite Gedanke. Demnächst wird der auch in meinem Kühlschrank stehen. Ich lege eine geistige Liste an, mit was ich ihn füllen werde. Dazu wird ein freier Tag morgen willkommen sein, wenn ich mich das ganze Wochenende herumtreibe, während anständige Leute die nötigen Besorgungen des Alltags erledigen. Schmunzelnd erhebe ich mich und überfliege mit den Augen die Stadt mit ihren unzähligen Lichtern, die wie Sterne aussehen. Der Himmel darüber deckt sich mit Wolken zu. Auch wenn mir bewusst ist, dass es draußen inzwischen eisig kalt ist, öffne ich die Tür.

Mit dem Weinglas in der Hand stehe ich auf dem Balkon und klappe die Kapuze meines Pullovers über

den Kopf, denn es fehlt nicht nur die wärmende Sonne, sondern es weht hier oben auch ein eisiger Wind.

Erneut muss ich an die schwarze Frau denken. Sie
ist das faszinierendste Wesen, das mir bisher in dieser
Stadt begegnet ist. Irgendwo werde ich sie wiederfin-
den.

Und ich sah, und siehe, eine weiße Wolke. Und
auf der Wolke saß einer, der gleich war einem
Menschensohn, der hatte eine goldene Krone auf
seinem Haupt und in seiner Hand eine scharfe
Sichel. Und ein anderer Engel kam aus dem
Tempel und rief dem, der auf der Wolke saß,
mit großer Stimme zu: Setze deine Sichel an
und ernte, denn die Zeit zu ernten ist gekommen, denn die Ernte der Erde ist reif geworden.

Offenbarung 14, 14-15

17

Wenn dein Weg erst unter deinen Füßen entsteht,

kannst du ihn nie sehen,

denn er liegt immer hinter deinem Rücken.

Wenn dein Weg erst unter deinen Füßen entsteht,

ist vor dir immer ein Abgrund.

Wenn dein Weg erst unter deinen Füßen entsteht,

kannst du nie in Scheiße treten.

Wenn dein Weg erst unter deinen Füßen entsteht,

gehst du immer in die richtige Richtung,

auch wenn du nie weißt, wo das ist.

Sandra läuft ihm hinterher. „Warte, hey warte. Es war unfair, als Gabi lachte. Warte, ich interessiere mich für das, was du angedeutet hast. Warte. Hey, wie heißt du eigentlich." Endlich bleibt er stehen und dreht sich um. „Tobi." — „Hi Tobi, schön dich kennenzulernen. Bitte. Setzen wir uns hier hin und du erzählst mir alles." Sandra lässt sich bereits auf die Bank fallen und sieht Tobi auffordernd an. „Ich hätte ebenfalls gelacht, wenn das jemand anders erzählt hätte. Es klingt zu schräg." — „In dieser Kürze schon, ich bin mir sicher im Zusammenhang, also die gesamte Geschichte macht bestimmt Sinn. Du wirst also von einer Toten verfolgt. Wie kommst du darauf? Warum bist du dir so sicher, dass sie tot ist?" — „Bin ich eben nicht. Vielleicht hat Ted recht, es ist mein schlechtes Gewissen und ich bilde mir alles ein." Er hält inne, sie blickt ihn neugierig an. Endlich lässt er sich neben ihr nieder, schweigt aber weiterhin.

„Ich habe Blödsinn gemacht und sie damit gegen mich aufgebracht. Daraufhin verfolgte sie mich auf Schritt und Tritt. Ich sah sie nicht, trotzdem war sie da. Kennst du dieses Gefühl? Du fühlst dich beobachtet, aber niemand ist da." Er schweigt, starrt auf den Boden, die Stille hält an.

Vielleicht ist er eingeschlafen. Sandra wird ungeduldig, beugt sich langsam nach vorne und sieht, dass seine Augen offen sind. Sie beißt die Zähne zusammen und wartet ab. Es braucht seine Zeit, bis Eindrücke zu Gedanken werden und sich als Worte in dieser Welt manifestieren. Nichts ist sofort spruchreif, es muss wachsen und gedeihen. Gelassen betrachtet sie den Park, der von der Sonne in ein Schwarz-Weiß-Bild verwandelt wurde, jeder unschlüssige Grauton ist vertrieben, ein wunderbarer Anblick nach den verschwommenen, trüben Konturen der letzten Wochen.

Endlich fängt Tobi an zu sprechen, doch anders als sie es erwartete. Die Worte kommen zuerst gehakt, dann getrieben wie eine Flut, die einen Damm durchbricht. „Ich sah sie alleine, sie hatte ein teures Telefon, ich wollte es unbedingt haben, schubste sie, sie stolperte, fiel zu Boden, blieb liegen, dann das Blut, zu viel Blut, stieß sie mit dem Fuß an, da kam jede Hilfe zu spät. Dann bin ich weg, nur weg, alles hinter mir lassen. Dachte, ich wäre ihr entkommen, wollte pennen, legte mich hin. Sah sie auch mit geschlossenen Augen, fühlte sie hinter meinem Rücken, drehte mich um, da war niemand. Ich beschimpfte und verfluchte sie, versuchte zu schlafen, meine Träume waren zu blutig. Bin losgezogen, wie jeden Tag, doch es war anders, sie folgte mir, beobachtete alles, was ich tat. Sie will mich fertigmachen, ist da, dann wieder weg, treibt mich vorwärts, hetzt mich oder ... Nein, ich floh vor ihr, bin zur Polizei, weil die mich beschützen müssen. Ich gestand alles, die lächelten, wie wenn ich verrückt wäre. Sie tauchte dort auf, stecken alle unter einer Decke, ich musste entkommen. Lief durch die Straßen, andauernd um die Ecken, kreuz und quer, sie blieb hinter mir, konnte ihr nicht entkommen, keine Chance, mich zu verstecken, hetzte weiter. Wollte mich ausruhen, im Park, nur kurz auf einer Bank sitzen. Sie war da, sprach zu mir, rückte näher. Ich hörte ihre Stimme, hörte ihre Worte, laut und klar, bin kein Verrückter, sie ist da. Sie wollte mich bezirzen, ihre Stimme, ganz deutlich, sie wollte mich umgarnen, mich in ihre kalte Welt hinüberziehen, in ihr Netz einwickeln. Oh ja, ich baumelte bereits darin, konnte mich losreißen, musste diese Chance nutzen, vielleicht die letzte, meine Schuld loswerden, abstoßen, weitergeben, wollte mich reinwaschen. Kenn da einen Typ, einen Hehler, kauft alles, saugt dich aus, lässt dich bluten, macht viel Kohle, soll er dafür büßen, hat bedeutend mehr auf dem Kerbholz, den sollen sie schnappen. Besaß nichts mehr von ihr, alles weggegeben. War mir sicher, sie ist fort, bin sie für immer los. Dann lief sie nicht mehr hinter mir her, sondern saß in meinem Kopf, das war viel schlimmer. Sie peitscht auf mein Hirn ein, es schmerzt, es blutet, es tut weh. Egal wie weit ich laufe, ich werde sie nie mehr los, trage sie mit mir herum, sie quält mich auf ewig. Dort am Pavillon, sie saß neben mir, sie war so nah, ich sah sie nicht, aber sie war da. Ich bekam Panik, wollte einfach weg, bin zu euch, wollte nicht allein sein, mit ihr, sie tut mir weh."

Sandra lauschte immer gebannter. Nun schüttelt sie ihn, da er in Trance zu verfallen schien. „Halt, halt, ganz ruhig, hier ist niemand. Alles ist gut." Er reißt die Augen auf, funkelt sie an wie irr. „Nichts ist gut. Sie will ihre Rache, mich alle machen, mich ins Grab bringen, mit in ihre dunkle Welt ziehen. Erst dann werde ich Ruhe finden, sie hängt mir wie ein Fluch im Nacken. Verdammt, sie ist im Recht und ich der Schuldige. Wie soll ich mich rein waschen? Wie?"

Sandra studiert im dritten Semester Jura, bisher gab es in keiner Vorlesung Tipps zur Befragung von Angeklagten, darum kneift sie die Augen zusammen, ihre Nase runzelt sich und sie atmet tief durch, bevor sie sich mit einem lang gezogenem „Also" Tobi zuwendet. „Das klingt alles sehr verwirrend. Wo ist sie jetzt? Ist sie hier?" Er blickt gehetzt um sich. „Nein, ich spüre sie nicht. Dort drüben war sie bei mir. Vielleicht machst du ihr Angst?" — „Blödsinn! Weder spüre, noch kenne ich sie."

Sandra zieht ihr Telefon heraus. Tobi erkennt es sofort und springt schreiend auf. „Da ist sie. Sie verfolgt mich, sie steckt in diesem Telefon." — „Was? Das ist meins, das kaufte ich heute Morgen." — „Es ist ihres, ich gab es dem Hehler für ein paar Euro." — „Ich bezahlte sechzig dafür. Warum soll das ihr Telefon sein? Warum verfolgt sie dich? Warum hast du sie überhaupt geschubst? Wann war das? Und wo?" — „Ich wollte ihr Handy haben, neuestes Modell sauteuer, dieses hier, da bin ich mir sicher, das kann kein Zufall sein. Es war Freitag Nacht, sehr spät, ich kam gerade zurück von meiner Tour, drüben in Fichtenberg. Bei den Superreichen liegt immer etwas herum, was sich lohnt mitzunehmen, das ist kein Klauen, die werfen vieles einfach weg und kaufen sich neues. Du musst einmal in die Mülltonnen dort schauen, da ist kein Müll drinnen, sondern tolle Sachen, die kann ich mir nicht leisten und die werfen alles weg." Er hält inne. „Nein, es war bereits Samstag Morgen. Es war idiotisch, ich hätte wissen müssen, dass sie irgendwo anders wohnt, war nur zu Besuch, wollte nach Hause. Denen aus Fichtenberg wäre das Telefon egal gewesen, die hätten sich einfach ein neues gekauft. Sie ist anders. Ich nahm es, ohne lange nachzudenken, eigentlich dachte ich überhaupt nicht nach. Gerne würde ich es ungeschehen machen, doch das ist unmöglich." Er fixiert sie plötzlich. Sandra behielt ihn die ganze Zeit im Auge. „Ich baue ziemlich oft Scheiße." Sie schweigt. „Wie heißt du eigentlich?" — „Sandra, alle nennen mich Sandy. Warum baust du so viel Mist?" Tobi setzt sich wieder und denkt lange über eine Antwort nach, bei der sie nicht sofort schreiend davonläuft. Wann sitzt schon einmal ein so tolles Mädchen neben ihm? Es fällt ihm nichts ein. „Ich fing irgendwann damit an und machte bis jetzt weiter. Das muss sich ändern. Ich will es wirklich, nur weiß ich nicht, wie ich da rauskommen soll. Ich wollte meinem Alltag entfliehen, es war alles vorherbestimmt, absehbar, mein Weg lag schon vor meinen Füßen wie eine breite Teerstraße, da gab es keine Abfahrt, immer geradeaus weiter. Kennst du diese Fotos von Straßen in Amerika, völlig sinnlos, weil da nichts ist, nur Wüste auf beiden Seiten. Ich wollte etwas anderes, einen Pfad oder am besten gar nichts. Ich wollte mich mit einer Machete durchs Dickicht schlagen, mich überraschen lassen, was dort ist, worauf die Sicht versperrt ist, mir meinen eigenen Weg bahnen, aber ich hatte nur eine breite, graue, sichere Teerstraße ohne Abzweig. Studieren, guter Job, Frau und Kinder, Haus und fettes Auto, zwei Mal in Jahr in den Urlaub, jeden Tag ins Büro, am Abend vor dem Fernseher, am Wochenende ins Grüne bis ans Lebensende. Meine Eltern machten voll Terror, als ich mir keine Uni suchte. Mir wurde der Druck zu viel, ich haute ab. Seitdem lebe ich auf der Straße, schlage mich durch. Das sollte nie mein Leben sein, die ersten Jahre fühlte es sich gut an. Jetzt ist es Alltag geworden, das Leben auf der Straße ist hart, zumindest empfinde ich das inzwischen so. Ich hätte schon gerne ein Dach über dem Kopf, einen Kühlschrank, aus dem ich mir am Morgen Milch und am Abend ein Bier holen kann, ein Bett mit einer warmen Zudecke. Manchmal wünsche ich mir eine Tür, die ich hinter mir zuziehen kann und die ganze Welt bleibt draußen, trotzdem fehlt mir weiterhin ein Plan, was ich für immer machen möchte." — „Nichts muss für immer sein." Er nickt nachdenklich. „Du hast Recht. Ich suche etwas, was wandelbar ist, nicht in Stein gemeißelt und trotzdem sinnvoll, also für mich sinnvoll. Ich ... bitte jetzt nicht lachen, ... ich denke mir gerne Geschichten aus, fing sogar schon an, einige aufzuschreiben, aber am liebsten erzähle ich sie, wie sie mir gerade einfallen. Es macht Spaß." — „Das klingt gut und sinnvoll. Warum sollte ich lachen? Kennst du das kleine Theater am Grünen Markt? Die öffnen ein Mal im Monat ihre Bühne für Leute, die schreiben. Dort kann jeder Geschichten erzählen, manche tragen Gedichte vor. Ich gehe dort gerne hin und höre zu. Versuche es, dann weißt du, ob es ankommt. Aber das sollte nicht das ausschlaggebende sein. Wichtig ist vielmehr, dass es sich für dich gut anfühlt, allerdings kannst du dann damit keinen Kühlschrank füllen oder eine Wohnung mit Tür bezahlen. Vielleicht findest du einen Job, der dir genügend Zeit und Raum für die Geschichten lässt." — „Das wäre eine Überlegung wert." Beide hängen schweigend ihren Gedanken nach.

Die Sonne berührt die höchsten kahlen Zweige der Bäume. Sie scheint nach der Anstrengung des Tages einen Ruheplatz zu suchen. Sofort kriechen die Schatten unter den Büschen hervor, sie wachsen unaufhörlich, keiner stellt sich ihnen in den Weg, keiner wagt es, sie aufzuhalten. Mit ihnen krabbelt die Kälte aus dem Boden und greift nach jedem, der sich nicht an den warmen Ofen seines Heims zurückzog. Sandra schüttelt es. „Erzähl mir eine Geschichte." — „Was?" — „Du sagst, du erzählst gerne, was dir gerade einfällt. Also, ich würde gerne etwas hören." Tobi lacht heiser, dann blickt er sinnierend in den Himmel.

„Wenn ich in einer weiten Landschaft stehe, sehe ich den Horizont, das Ende der Welt kippt dort über die Kante. Es ist ein roter Stier mit Namen Horizont. Er ist riesig. Das muss er sein, denn seine Aufgabe ist es, den ganzen Tag die Sonne auf seinem Rücken zu tragen. Am Abend ist sein Werk vollbracht. Er verstaut die glühende Sonne in einer großen Eisentruhe, bettet sie zur Ruhe. Jedes Mal begrüßt er danach seinen schwarzen Bruder, den Nachthimmel mit den vielen hell leuchtenden Diamanten im Fell. Sie können immer nur einen kurzen Augenblick verweilen und von ihren Tagen und Nächten berichten. Heute ist der Rote lange noch nicht müde, er will zu gerne seinen Bruder begleiten. „Unmöglich", wehrt der ab. „Das ist gegen die Regeln." — „Denen folge ich sonst, aber heute dir." — „Das gibt Ärger." — „Ach wo, es wird niemanden auffallen. Überlasse mir den Mond, ich trage ihn für dich." Der Dunkle ist alles andere als begeistert, aber er kennt diesen Wunsch, den ewigen Rhythmus zu durchbrechen und er liebt seinen Bruder, darum lässt er ihn gewähren. Natürlich fällt es jedem auf, der in dieser Nacht den Mond betrachtet, dass etwas anders ist. Nachdem das Licht vom Boden aufgesogen wurde, erhebt sich eine blutrote Scheibe aus der Schwärze der Nacht und möchte sie zum Tag machen. Die beiden sind ebenso Brüder im Geiste und keiner würde dem anderen Schaden zufügen, sie folgen ihrer Bestimmung. Der eine steht für das Helle und Wärmende, der andere für das Dunkle und die Stille. Die helle Scheibe bringt in dieser Nacht Mensch und Tier um den Schlaf, erweckt ihr Sehnen nach dem Unbekannten, dem Anderen, den ungenutzten Möglichkeiten. Der Dunkle merkt es wohl, lässt seinen Bruder jedoch gewähren, beide genießen den seltenen Moment des Zusammenseins. „Und nun werde ich dich begleiten", spricht er im Morgengrauen zum Roten. „Das ist verboten, der Tag muss hell sein." — „Ach wo, ich kann mich ganz klein machen, keiner wird mich bemerken." So steigt an diesem Morgen ein heller Mond nach oben, eine weiße Scheibe, die bald neben der strahlenden Sonne verblast. Es wird ein wunderschöner, warmer Sommertag, wie er es sein soll. Anfangs bemerkt es niemand, als die Sonne an einer Seite einen dünnen schwarzen Rand bekommt, er wird größer. „Was machst du da?", ruft der Rote. „Nichts, es ist nur der Mond." Die bis zu diesem Moment unauffällige blasse Scheibe schiebt sich vor die feurige und obwohl der Mond um vieles kleiner ist, verdeckt er sie bald gänzlich. Mensch und Tier bestaunen das Ereignis. Die Sonne wehrt sich heftig, ihre Flammen umkreisen den kleinen Planeten. Einen kurzen Augenblick kann er es verkraften, dann wird ihm zu heiß und er muss weichen. Langsam und träge zieht er sich zurück, verblasst und wartet gehorsam auf seinen nächtlichen Auftritt. Die beiden Brüder halten kurz den Atem an, ob ihr Ungehorsam bemerkt und geahndet wird, doch alles bleibt ruhig. Sie verabschieden sich schmunzelnd und jeder zieht in die ihm bestimmte Richtung."

Sandra lauscht der Geschichte nach, dann lächelt sie. „Das war schön, du kannst wirklich gut erzählen. Es wäre schade, wenn du dein Talent ungenützt lassen würdest. Du solltest dich unbedingt im Theater melden. Ich würde auf jeden Fall kommen." Verträumt sieht sie der Sonne zu, wie sie langsam versinkt, dann seufzt sie und legt eine Hand auf Tobis Schulter. „Es wird dunkel und kalt. Lass uns zu mir gehen. Ich mache uns Tee. Wir können einen Blick in den Kühlschrank werfen, was er zu bieten hat."

Brich dem Hungrigen dein Brot, und die im Elend ohne Obdach sind, führe ins Haus! Wenn du einen nackt siehst, so kleide ihn, und entzieh dich nicht deinem Fleisch und Blut! Dann wird dein Licht hervorbrechen wie die Morgenröte, und deine Heilung wird schnell voranschreiten, und deine Gerechtigkeit wird vor dir hergehen.

Jesaja 58, 7-8

18

Ich warte auf die Dunkelheit der Nacht
und schwebe durch die Leere
meiner erwachenden Ängste.
Eine schwache Brise treibt mich hindurch.
Ich bin erleichtert, wenn der Tag anbricht.

„Häng deine Jacke in die Garderobe und setzt dich in die Küche, die ist dort hinten. Hi Max, darf ich dir Tobi vorstellen, er braucht unsere Hilfe." Der junge Mann, der gerade im Flur steht, als die beiden die Wohnung betreten, reicht dem Gast die Hand. „Max wohnt hier, dann noch Gabi, die du im Park kennengelernt hast und Uwe, aber der ist eigentlich nie da, andauernd in der Welt unterwegs. Max, könntest du schon mal Tee machen, ich komme gleich." — „Ich denke, unser Gast benötigt vorerst ganz etwas anderes als Tee." Mit diesen Worten verschwindet Max in seinem Zimmer und taucht wenige Sekunden später wieder auf, reicht Tobi eine ordentlich gefaltete Jogginghose und einen Kapuzenpullover. „Das Bad ist dort hinten, eine Dusche hast du dringend nötig, danach kannst du gerne in die Küche kommen, der Tee ist schon fertig." Sandra zuckt hilflos die Schultern. „Er ist sehr direkt, darum mag ich ihn und er hat Recht, du solltest unbedingt duschen." Sie lächelt und verschwindet in ihrem Zimmer. „Max? Ist Gabi schon zurück?", brüllt sie heraus. „Nein", kontert der aus der Küche.

Die beiden sitzen am Tisch, schlürfen Tee und knabbern Kekse, als Tobi vom Bad zurückkommt. „Ha, ein neuer Mensch! Das riecht schon besser", spricht Max und schiebt ihm eine Tasse zu und auch den Teller mit dem Gebäck ein Stück näher. „Ich habe heute Pizza für uns alle eingeplant, sobald Gabi kommt, können wir anfangen." — „Er macht die komplett selbst, nix Tiefgekühltes", ergänzt Sandra stolz. Tobi nickt und nimmt sich schon den zweiten Keks. Bei seinem „Danke" sprühen Krümel aus dem Mund, er winkt mit der Hand eine Entschuldigung. „Kein Problem", beruhigt ihn Max. „Sandra brachte mich soeben auf den neuesten Stand, was es mit deinem Besuch auf sich hat. Ich habe einen Vorschlag. Ich schrieb Uwe, unserem vierten Mitbewohner bereits eine Nachricht und er wäre einverstanden, wenn du die nächsten Tage in seinem Zimmer schläfst. Es ist, wie gesagt, nur ein Angebot." Tobi nickt, derzeit fühlt er sich von der neuen Situation überfordert. „Sandra erzählte mir, dass du Scheiße gebaut hast, aus der du herauskommen willst. Du klautest einer Frau das Handy und bist dir unsicher, ob sie dabei verletzt wurde oder gar zu Tode kam. Da kann ich euch nicht wirklich helfen, ich studiere Maschinenbau, aber meinen gesunden Menschenverstand kann ich beisteuern. Doch Sandra ist vom Fach." Er deutet auf seine Mitbewohnerin. „Ja, ich studiere Jura, drittes Semester, also noch ganz am Anfang, das bessere Plädoyer würde vermutlich er halten, wie du bereits merkst." Nun grinsen beide ihren Gast an. Der ist überwältigt, so viel Gutes wurde ihm seit ewigen Zeiten nicht mehr angetan.

Von der Tür ertönt das Geräusch eines Schlüssels, der im Schloss gedreht wird und einen Augenblick später steht Gabi in der Küchentür. „Nun sind wir vollzählig." Max schnappt sich einen weiteren Keks, springt auf und kramt in den Schränken nach Zutaten.

„Du bist hier", staunt die neu Angekommene. „Ich wollte dich nicht beleidigen, also entschuldige, wenn ich zu direkt war. Ich nahm es ernst, aber die beiden anderen sagten, dass du dir wohl eine Geschichte ausdachtest." — „Es ist ernst", wirft Sandra ein, da Tobi weiterhin schweigt. „Oh", ist Gabis einziger Kommentar, bevor sie in ihr Zimmer geht. Einen winzigen Augenblick später steht sie wieder da, schenkt sich Tee ein, greift nach einem Keks und blickt den Gast mit großen Augen an. Max traf inzwischen die ersten Vorbereitungen für den Hefeteig und setzt sich dazu. Alle drei schauen Tobi erwartungsvoll an, der schluckt sofort den Keks herunter und räuspert sich. „Ich klaute ein Handy und bin mir fast sicher, es ist das, was nun Sandy gehört, denn ich verkaufte es an einen Hehler." Sandra zieht es aus der Tasche und legt das Corpus Delicti auf den Tisch. Tobi zuckt zurück, bleibt aber standhaft sitzen. „Die Besitzerin verfolgt mich seitdem, berechtigterweise,." — „Also lebt sie. Das ist gut", wirft Max ein. „Er sprach von einem Geist", erklärt Gabi. „Oh", ist alles, was Max dazu einfällt. Alle starren schweigend auf das Telefon, als würde nun der Geist daraus zu ihnen sprechen.

„Du musst zur Polizei, die sind die einzigen, die dir Klarheit verschaffen können. Es wird Folgen für dich haben, das kann ich dir jetzt schon sagen", unterbricht Sandra die Stille. Tobi nickt. „Das weiß ich, doch ich will mich auf jeden Fall freiwillig stellen. Ich muss das in Ordnung bringen." — „Okay, das ist eine wichtige Basis. Lasst uns erst die Pizza machen, dann können wir über dein weiteres Vorgehen beratschlagen, wenn du das willst." Max wendet sich der Schüssel mit dem Teig zu. „Ich habe Thunfisch und Ei für die eine Hälfte." — „Und ich Tomatensoße und Salami." Die Mädchen suchen alles zusammen. „Käse habe ich reichlich, holt ihn bitte aus dem Kühlschrank und schneidet ihn in Scheiben." Tobi verfolgt das Durcheinander um ihn herum und entspannt sich zunehmend. Gabi verschwindet kurz, kommt mit einer Flasche Rotwein zurück und hält sie stolz hoch. „Ich würde gern bei Tee bleiben, der ist wirklich lecker", wirft Tobi ein. „Die eine Flasche reicht auf keinen Fall aus, damit wir betrunken werden", entschuldigt sich Gabi und holt Gläser aus dem Schrank.

Während sie auf die Pizza warten, plappern die drei über ihren Studienalltag, Tobi lauscht. Plötzlich wendet sich Gabi an ihn. „Die beiden im Park erzählten, ihr hättet eure Schlafsäcke in der U-Bahnstation Fichtenberg ausgerollt." — „Wow, das ist zumindest ein edles Viertel, vertreibt euch dort keiner?" — „So lange wir uns ruhig abseits halten, stört es niemanden. Vorher versuchten wir es woanders, aber die Reichen scheinen uns zu dulden, uns bringt sogar regelmäßig jemand etwas zu essen. Wir leben dort seit dem Sommer und bisher beschwerte sich keiner und es ist nie die Polizei aufgetaucht." — „Erstaunlich. Sagt einer noch mal was Schlechtes über die Reichen, die scheinen ein Herz zu haben." — „Hey, glaubst du wirklich, du wirst zum Monster, wenn du mit deinem Job einmal viel Geld verdienst." — „Nein, du hast recht. Geld zu besitzen ist keinesfalls die Wurzel des Übels." — „Genau, leben und leben lassen." — „Mit und ohne Geld."

— „Mit ist es leichter." — „Stimmt, denn wie sagte Groucho Marx so weise: „Es gibt viele Dinge im Leben, die wichtiger sind als Geld, aber die kosten zu viel." Die drei lachen. „Es scheint schwierig zu sein, etwas abgeben zu wollen, wenn du einmal zu viel hast." — „Also von Anfang an weiterreichen, was nicht unbedingt nötig ist, bevor es sich anhäuft." — „Wenn das mit dem Anhäufen beginnt, sollten wir uns eine Strategie festlegen, um nicht vom Geld abhängig zu werden. Man hört andauernd die irrsinnige Aussage eines Superreichen, er oder sie bräuchte mindestens eine Millionen im Jahr, um die Ausgaben zu decken." — „Hilfe, du hast recht, wir brauchen sofort eine Strategie." — „Klar, du als Juristin bist besonders gefährdet, mit Soziologie wird niemand reich. Jetzt, wo wir darüber reden, beruhigt mich das ungemein." — „Ich kann mich darauf verlegen, die zu verteidigen, die sich keinen Anwalt leisten können, damit bin ich außer Gefahr. Und zwischendurch einen Mafioso, um mich über Wasser zu halten." — „Achtung, wenn du einmal zur Familie gehörst, gilt das für immer." — „Stimmt, dann hin und da eine Scheidung, damit lässt sich auch Geld verdienen. Was willst du als Ingenieur dagegen tun?" — „Dinge konstruieren, die sofort zusammenbrechen." — „Damit landest du schneller auf der Parkbank, als dir lieb ist, du sollst lediglich weniger verdienen." — „Dann werde ich einfach vermeiden, so etwas Cooles wie eine Zeitmaschine zu erfinden oder die Kammer des ewigen Lebens oder ..." — „Nein, bitte, höre auf, dir weiter Gedanken zu machen, sonst fällt dir aus Versehen etwas Geniales ein." Die drei lachen. „Ok, dann entwickle ich etwas Schlimmes, damit du mich dann kostenlos verteidigst und mich aus dem Gefängnis holst und du integrierst mich dann wieder in die Gesellschaft." — „Ausgezeichneter Plan, damit sind wir alle ein Leben lang vollbeschäftigt." — „Genau, bleiben wir am besten gleich hier wohnen, so sind die Wege kürzer."

Die drei plaudern angeregt durcheinander, Tobi lauscht. Plötzlich wendet sich Sandra zu ihm. „Hast du vor, dir wieder eine feste Wohnung zu suchen." — „Würde ich gerne, aber die muss ich irgendwie bezahlen, zu meinen Eltern will ich keinesfalls zurück, wir sind nicht im Guten auseinander." — „Eine Möglichkeit wäre, ein Studium anzufangen und dafür BAföG zu beantragen. Ich dachte dabei sofort an Germanistik, als du die Geschichte erzähltest." — „Was? Du durftest schon eine seiner genialen Stories hören. Ted und Mira schwärmten regelrecht davon." Gabi sieht ihn erwartungsvoll an. Da ertönt die Klingel des Herds und kündigt die fertige Pizza an. „Glück gehabt," beruhigt Max ihren Gast, „jetzt ist Essen wichtiger, aber ich würde heute auch gerne etwas von dir hören." Geschickt holt er das heiße Blech aus dem Backofen, während die Mädels hektisch Teller und Besteck verteilen.

Es ist alles aufgegessen und sie lehnen zufrieden und gesättigt in den Stühlen. Gabi kratzt mit der Gabel die verkrustete Tomatensoße vom Rand des Blechs und pickt mit dem Finger ein paar Krümeln auf. „Das war voll lecker, Max, wie immer." — „Danke, danke. Dein Eintopf von letzter Woche war superlecker. Natürlich auch der Kuchen vor zwei Tagen." Max beeilt sich, das Lob zu beiden Seiten zurückzugeben. „Davon steht irgendwo noch ein Rest herum, der hätte als Nachtisch Platz." Sandra blickt nachdenklich um sich, öffnet anschließend einen Schrank, holt eine Kunststoffdose hervor und hebt neugierig den Deckel an. „Tatsächlich, das lässt sich in vier Stücke zerteilen. Und ich hab irgendwo eine Flasche Wein." Gabi dreht traurig ihre auf den Kopf, ein winziger Tropfen fällt auf den Tisch, den sie sofort mit dem Finger aufwischt. Sandra stellt die neue hin und wendet sich an Tobi. „Eigentlich bevorzuge ich Tee, aber heute muss es etwas kräftigeres sein. Wenn du weiterhin zur Polizei willst, dann sollten wir uns heute Abend überlegen, was du denen erzählst. Das, was ich heute Nachmittag von dir hörte, ist für die Ohren der Gesetzeshüter ungeeignet, die wollen klare Ansagen." — „Was erzählte er dir?", horchen Gabi und Max neugierig auf. „Es klang nach einer fantastischen Geschichte, wir brauchen aber eine Aussage. Lass uns zuvor deine schmutzigen Sachen in die Waschmaschine packen, dann hast du dazu schon einmal ein sauberes Outfit. Das ist wichtig." Als sie vom Bad zurückkommen, spülen Gabi und Max bereits das Geschirr. Tobi hilft beim Abtrocknen, Sandra verräumt es.

Zusammen sitzen sie nachdenklich um den Tisch, nippen an Wein oder Tee und versuchen etwas zu Papier zu bringen. Sandra legt dazu ein Blatt und einen Stift auf die inzwischen sauber gewischte Platte.

Endlich setzt Sandra im nüchternen, professionellen Tonfall an. „Du solltest zuerst deine Schuld eingestehen, ohne sie näher zu beschreiben, denn schließlich bist du dir unsicher, welches Ausmaß deine Tat hat. Nein, natürlich musst du dich erst einmal vorstellen.

Vielleicht ohne zu sagen, dass du auf der Straße lebst. Wer hat was dagegen, wenn er unsere als seine vorläufige Adresse angibt?" Ihre Mitbewohner nicken. „Gut, also vorstellen und Adresse angeben. Ich schreibe sie dir hier auf, die kannst du dir gleich einstecken oder besser auswendig lernen. Dann Schuld eingestehen. Danach musst du beschreiben, was geschehen ist. Wann? Wo? Was?" Reihum nicken. „Ich schreibe das auf. Also wann?" Sie hebt sofort warnend die Hand. „Ganz nüchtern, präzise, ohne zu zögern." — „Ich bekenne mich schuldig, am Freitagmorgen, etwa gegen zwei Uhr einer Frau das Telefon gestohlen zu haben, sie ist dabei gestürzt." — „Du sagtest, du hättest sie mit dem Fuß angestoßen und sie rührte sich nicht mehr. Das solltest du keinesfalls der Polizei sagen, vorerst nicht." Mark und Gabi schauen ihn skeptisch an, Tobi senkt beschämt den Blick. „... sie ist dabei gestürzt und ich bin davongelaufen" Sandra nickt. „Das sie dich verfolgte, wäre dagegen wichtig, dann sieht es besser aus, wenn du erst zwei Tage später auftauchst." — „Ich war am Samstag schon dort, das wissen die und ich sagte, sie verfolgt mich. Sie fragten mich, warum ich erst zwölf Stunden später komme." — „Das ist gut. Dann wissen sie, du gehst nur von Diebstahl aus. Du sagtest, sie nahmen dich nicht ernst, das muss deine Erklärung dafür sein, dass du abgehauen bist. Erzähle weniger ausschweifend und verwirrend, deine Beschreibung muss klar und deutlich sein, versuche ruhig zu bleiben. Es wird schwer sein, doch es ist das Fundament, auf dem deine Aussage stehen muss, einzig und allein stehen kann." Tobi nickt. „Du bekennst dich schuldig zu dem

Diebstahl und zur Körperverletzung, den Rest lässt du offen. Wenn du an diesem Punkt ankommst, sagst du nichts mehr. Warte ab, was sie schon wissen, halte durch. Du weißt nicht mehr, alles andere wären lediglich Vermutungen, die dich in größere Schwierigkeiten bringen. Sie nehmen dich in die Mangel, das ist üblich. Da du von selbst kommst, nimmst du ihnen den Wind aus den Segeln, sie sind darauf nicht vorbereitet. Ich schreibe das ins Reine, dann kannst du es dir vorher ein paarmal durchlesen. Halte dich daran. Keine Geschichten erzählen. Willst du es morgen schon wagen?" Tobi denkt nach und nickt. „Gut, dann sollten wir in Ruhe den Wein und Tee austrinken und anschließend schlafen gehen." Sie blickt in die Runde und bekommt allseitiges Nicken zur Antwort. „Ich …" Tobi hält inne und schluckt. „Danke, ihr seid toll. Dass ich hier sein darf, der Tee, die Pizza, dass ihr mir zuhört und du mir hilfst Sandy", er deutet auf das Papier „es ist … Danke." — „Bring das gut rum und dann kannst du uns einmal zu einer Pizza einladen." Beruhigt ihn Max.

Als Sandra am frühen Morgen in die Küche kommt und das Licht einschaltet, sitzt Tobi bereits am Tisch. „Oje, konntest du nicht schlafen?" Er schüttelt den Kopf. „Dann solltest du das schnell hinter dich bringen. Willst du alleine hin, oder soll ich dir Beistand leisten?" — „Würdest du mich begleiten?" Sie nickt, er versucht ein Lächeln. „Lass uns schnell los. Es macht keinen Sinn, es lange hinauszuzögern. Bei der Polizei ist rund um die Uhr jemand da." Tobi nickt und beide verlassen die Wohnung.

Ob sie vielleicht hören wollen und sich bekehren,
ein jeder von seinem Wege, damit mich auch
reuen möge das Übel, das ich gedenke, ihnen
anzutun um ihrer bösen Taten willen.

Jeremia 26, 3

Der Mordfall

19

... der Tod, dieses heilige, stille, friedliche Nichts.
Der Tod ist etwas Wunderbares,
er ist wie heimkommen
wie ein Regentropfen,
der ins Meer fällt.
Der Tropfen ist weg,
aber er fühlt sich zum ersten Mal
wirklich zu Hause.

„Einen schönen guten Morgen, Frau Kommissarin." —
„Was ist daran schön, Frau Pathologin. Ein von mir
selbst eingestellter Alarm reißt mich in völliger Dunkelheit aus dem Bett und ich muss einsehen, dass es
keine Fehlfunktion ist, sondern der ganz normale
Wahnsinn zu dieser Jahreszeit und zudem habe ich
Dienst, obwohl Sonntag ist. Dann erreiche ich das
Büro mit dem Vorhaben, zuallererst einen Kaffee zu
trinken, als einzigen Lichtblick des Tages, stattdessen
finde ich deine Mail mit der nüchternen Mitteilung,
dieses Wochenende gab es bereits fünf Tote. Einen
guten Morgen stelle ich mir anders vor." — „Vielleicht
haben wir beide uns einfach den falschen Job gesucht.
Kaffee?" — „Oh ja, bitte." Die Pathologin geht zu der
Kaffeemaschine, die zwischen den üblichen Laboraus-
stattungen steht, schenkt zwei Tassen ein und reicht
eine der Kommissarin. Beide nehmen schweigend
einen tiefen Schluck und lächeln sich an. „Nun denn,

was hast du für mich?" Die Ärztin wendet sich zum Bildschirm und scrollt durch eine Datei. „Ich machte bei allen vorerst einen Schnellcheck. Unter Vorbehalt kann ich dir jetzt schon sagen, zwei oder vielleicht drei fallen nicht in deine Zuständigkeit. Ein Mann und eine Frau, beide in die Jahre gekommen sind friedlich eingeschlafen und erfroren, vermutlich war eine erhebliche Menge Alkohol im Spiel." — „Es wird Zeit, dass das Obdachlosenheim in Allenburg wieder öffnet. Die Leute sterben bei dieser Kälte dahin wie die Fliegen. Es sollte möglich sein, einen neuen Leiter zu finden, der sich nicht an die Schutz suchenden Frauen vergreift. Wie kann die Stadt das so nachlässig behandeln?" — „Anscheinend ist es eben nicht einfach. Von mir zumindest gibt es regelmäßig Berichte über Tote, denen lediglich ein Dach über dem Kopf fehlte." — „Jüngst las ich in der Zeitung einen Artikel mit der Überschrift: Für alle großen Probleme der Menschheit gibt es einen gemeinsamen Nenner." — „Schön, dass sich jemand einmal damit befasst. Ich las ihn nicht, also was ist dieser Nenner?" — „Männer!" — „Traurig, aber wahr." — „Zu diesem Thema kann ich dir definitiv eine Leiche bieten. Tot durch Schussverletzung." — „Lass mich raten, im Hafenviertel." — „Jopp, eine reine Männerwelt, wenn es um die Vorstandsposten bei der Mafia geht." — „Wie lange dauert das noch, bis sie ihre Hierarchien geklärt haben? Wenn sie sich dazu allerdings alle gegenseitig liquidieren, lösen sie sich selbst als Problem auf. Soll mir recht sein." Beide nicken und nehmen einen Schluck.

„Nun kommen wir zu den letzten beiden, zu denen ich leider genauere Untersuchungen durchführen muss. Eine Frau mittleren Alters gestürzt oder gestoßen draußen in Fichtenberg." — „Ein Viertel, in dem es selten Probleme gibt." — „Stimmt, ich möchte sie mir trotzdem genauer ansehen. Und das letzte Opfer ist ein Mann, ebenfalls um die vierzig und im Hafen aufgefunden, vermutlich eine Stichverletzung. Aufgrund der Kleidung könnte er auf ein Schiff gehören. Zu diesen beiden Fällen bekommst du schnellstmöglich, ich strebe bis Mittag an, eine vorläufige Aussage." — „Dann will ich dich nicht länger aufhalten." Die Kommissarin stellt die Tasse ab und wendet sich dem Ausgang zu. Bevor sie die Tür zuzieht, dreht sie sich noch einmal um. „Was hältst du davon, wenn wir ohne den größten gemeinsamen Nenner aller Menschheitsprobleme ein Bierchen trinken gehen." — „Ausgezeichneter Gedanke. Ich gebe dir meine zeitlichen Möglichkeiten zusammen mit dem vorläufigen Bericht ab." — „Dann muss ich nur superschnell alle Mörder finden und dem Vorhaben steht nichts mehr im Wege." Beide lachen und winken sich zu, bevor die Kommissarin endgültig verschwindet.

Sie atmet auf, als sie endlich wieder auf der Straße steht. Diese Laborräume haben etwas Erdrückendes, trotz der langjährigen Freundschaft zum einzigen guten Geist dort. *Wir müssen bei dem geplanten Bierchen in der Tat überlegen, ob wir den Beruf wechseln sollten.*

Bedeutend selbstsicherer schreitet Kommissarin Bettina Seidel durch die vertrauten Räume des Dezernats. „Frau Marquart, was konnten sie inzwischen zu den Toten recherchieren, wenn wir schon dieses Mal zu allen bereits einen Namen bekommen haben?" Sie bleibt im Großraumbüro vor einem Schreibtisch stehen und blickt die Mitarbeiterin erwartungsvoll an. Die schaut auf ihren Bildschirm. „Bei dem Namen Rodrigo Sanchez, die Schussverletzung im Hafen, bekam ich natürlich einen ganzen Roman, schließlich ist er Stammgast bei uns. Beinahe schade, wenn wir diese Akte demnächst schließen. Darf ich den Fall an das Sonderdezernat Bandenkriminalität weiterreichen?" — „Dürfen Sie. Da waren es nur noch vier. Von denen können Sie die beiden älteren," Bettina Seidel deutet auf zwei Namen auf dem Bildschirm, „vorerst ebenfalls virtuell bei Seite legen. Sie sind offensichtlich erfroren." — „Das dachte ich mir schon. Beide haben keinen festen Wohnsitz und werden auf der Liste der erfrorenen Obdachlosen landen. Wann wird endlich ..." — „Sie meinen Allenberg?" Die junge blonde Frau vor dem PC nickt. „Das steht weiterhin in den Sternen." Beide seufzen. Die Blondine erhebt sich. „Kaffee?" Erwartungsvoll blickt sie ihre Chefin an. „Nein danke, ich hatte bereits einen und der in der Pathologie weckt Tote auf. „Auch eine Möglichkeit, unsere Probleme schnell zu lösen." Die Kommissarin lacht und setzt sich an ihren eigenen Schreibtisch. „Wo ist Schulz?" — „Wir waren uns schon einig, die beiden Obdachlosen können wir schnell abhaken, darum hört er sich bereits in der Szene um, ob jemand Aussagen dazu machen kann und ob Angehörige benachrichtigt werden müssen. Im System fand ich zwei Kinder bei der Frau und eine geschiedene Ehefrau zu dem Mann. Schulz besucht sie." — „Ausgezeichnet. Was gibt es zu den beiden übrig gebliebenen?" — „Leider wenig, ich bin dran." — „Ist in Ordnung. Konzentrieren Sie sich auf den männlichen Toten, ein vermeintlicher Seemann mit Stichwunde im Hafen. Bei der anderen muss sich erst herausstellen, ob es ein Fremdverschulden gibt." — „Ok, Chefin."

Bettina Seidel konzentriert sich auf ihren E-Mail-Eingang und bleibt an einer Ausschreibung zu einem Lehrgang *Neueste Erkenntnisse zum Profiling* hängen. Sie schrickt hoch, als sich Frau Marquart meldet. „Soeben wurden mir die Einsatzberichte zu den Todesfällen zugeschickt." — „Was erfahren wir zu den relevanten Toten?" — „Vladimir Galinski wurde Freitag Nacht um 23:15 Uhr von einem Passanten namens Hermann Waldknecht auf dem Weg von der Kneipe Uhlensteig zu sich nach Hause am Normannensteg 5 gefunden. Es wurde keine Tatwaffe entdeckt, einzige Spuren sind das vermeintliche Blut des Toten und die der unzähligen Vergnügungssüchtigen, die im Hafen zu dieser Stunde unterwegs sind. Eine Umfrage brachte keine Neuigkeiten, niemand beobachtete es und auch sonst gibt es keine Meldungen." — „Erstaunlich, wenn man bedenkt, dass dort am Wochenende Tausende unterwegs sind. Was gibt es zu der anderen Toten, wie war ihr Name?" — „Ulla Falkenstein. Eine Passantin entdeckte sie am Samstagmorgen gegen 6:25 Uhr an der Haltestelle Romanikstraße im Stadtteil Fichtenberg, als sie zum Bus wollte. Die Lage der Toten deutet auf einen Sturz über die Bordsteinkante aus ungeklärter Ursache hin." — „Kam schon etwas aus der Pathologie?" — „Noch nicht. Halt, hier ist eine Mail." Die Kommissarin blickt ihre Mitarbeiterin erwartungsvoll an, die konzentriert sich auf den Text. Endlich nickt sie. „Beides Mal eindeutig Fremdverschulden. Bei Herrn Galinski war es ein Stich mit einem Messer, die Klinge ist zehn bis zwölf Zentimeter lang und traf die Halsschlagader, es gibt keine Abwehrspuren, was vermutlich an dem Alkoholpegel von 1,9 Promille liegen könnte. Der Tot trat innerhalb kurzer Zeit ein. Frau Falkenstein wurde eindeutig gestoßen, es gibt markante Druckstellen auf Oberarm und Rücken, beim Aufprall auf die Granitkante brach sie sich das Genick und es kam zu einer Verletzung am Kopf, was zum sofortigen Tod führte. Sie hat Alkohol im Blut, allerdings nur 0,5 Promille." — „Ok, nun haben wir es Schwarz auf weiß, zwei Mordfälle." Das Telefon läutet, Frau Marquart hebt ab. „Oh hi, ja ist gut." Sie legt auf. „Schulz ist auf dem Rückweg. Es gab allseits großes Bedauern bei den Angehörigen, die natürlich nichts von der misslichen Lage der Toten wussten. Das Übliche." Die beiden nicken. „Gut, Frau Marquart. Wir machen erst einmal Mittagspause, danach recherchieren sie weiter zu unseren beiden Opfern und halten uns auf dem Laufenden. Schulz wird den Seemann übernehmen, ich die Frau in Fichtenberg.

„Mahlzeit Frau Seidel. Schulz ist schon im Hafen und für Sie fand ich auch etwas. Es gibt einen kurzen Bericht, vielmehr eine Notiz der Bereitschaftspolizei von Samstagabend. Ein Tobias Meier erklärte, eine Frau umgebracht zu haben, von der er danach verfolgt wurde. Die Kollegen hielten ihn für geistig verwirrt. Zu diesem Zeitpunkt gab es zwei männliche und eine weibliche Tote, nämlich ihr Fall in Fichtenberg" — „Mehr steht da nicht?" Die Blondine schüttelt den Kopf, ihr Pferdeschwanz fliegt durch die Luft. Die Kommissarin wirft einen nachdenklichen Blick auf den Bildschirm, zückt ihr Handy und fotografiert die Notiz ab. Auf dem Foto liest sie: „Reiner Hartmut und Susanne Wiegelt, Revier 8. Können Sie bitte herausfinden, wann ich die beiden antreffe? Dort werde ich vorbeischauen. Ich bin gespannt, was es damit auf sich hat. Es klingt beinahe mystisch. Versuchen Sie etwas über den angeblich Verwirrten herauszufinden. Inzwischen schaue ich in der Pathologie vorbei."

„Hallo Sonja, so schnell sieht man sich wieder. Allerdings hoffte ich heute Morgen, es wäre ein Mordfall, nun sind es zwei." — „So ist es Bettina, leider sind die Merkmale eindeutig, sie ist keinesfalls von selbst gestürzt. Schau dir die Druckstellen an, hier am Arm, siehst du die Form einer Hand? Und hier am Rücken. Sie wurde überrascht, sah ihren Angreifer vermutlich überhaupt nicht, stürzte über die Bordsteinkante, brach sich daran das Genick und holte sich eine Verletzung am Kopf." Die Kommissarin nickt, hält aber Abstand von der Leiche. Nachdenklich hebt sie ihre eigene Hand und betrachtet sie. „Könnte es sein, dass die Größe des Abdrucks auf eine männliche Hand hindeutet." Die Pathologin legt ihre eigene mit dem Einweghandschuh darauf, die dunkle Stelle ist rundherum zu erkennen. „Das ist durchaus möglich. Schau dir die eigenartigen Abdrücke an ihren Fingern an. Die stammen von einem Gegenstand, nicht scharfkantig, aber hart, irgendetwas, was sieben bis acht Zentimeter breit ist. Ich habe keine Ahnung, was das sein könnte, sie hielt es sehr fest, es schien ihr wichtig." — „So etwas wurde nicht am Tatort gefunden, auch keine Handtasche oder ähnliches, in ihren Jackentaschen fand man einen Schlüsselbund, einen zwanzig Euroschein und eine Dauerfahrkarte für den städtischen öffentlichen Verkehr. Das war kein Raubmord und wenn, dann muss dieser Gegenstand bedeutend mehr als zwanzig Euro wert gewesen sein. Du schriebst, sie hatte Alkohol im Blut?" Sonja nickt. „Wenig, wie nach einem Abendessen, bei dem gut getrunken wurde, sie hatte ein Gemisch unterschiedlichster Nahrung im Magen, davon eine Menge Hummer." — „Fichtenberg ist ein reines Wohnviertel für Bessergestellte, es gibt dort weder Restaurants noch Kneipen. Vermutlich war sie bei einer privaten Abendgesellschaft, allerdings ist es müßig, herauszufinden, aus welchem Haus sie kam. Moment." Die Kommissarin holt ihr Handy aus der Tasche und wählt eine Nummer. „Frau Marquart, hier Seidel, konnten Sie schon herausfinden, wo die Tote wohnte?" Sie lauscht, die Pathologin blickt sie neugierig an. „Nicht in Fichtenberg. Am Haldenweg, das ist ganz wo anders. Neu zugezogen, seit vier Wochen. Ja, die beiden Polizisten ... ah ... haben Nachtschicht ... in zwei Stunden. Danke." Als das Gespräch beendet ist, starrt sie die Pathologin an. „Es ist genau das, was sich jeder an einem neuen Wohnort wünscht. Man hat die ersten Kontakte, trifft sich mit neuen Leuten, baut sich ein Leben auf und dann wird man erschlagen." Sie seufzt, Sonja betrachtet sie mitleidig. „Wir gehen natürlich keinesfalls davon aus, dass der Grund im gemeinsamen Nenner aller Probleme liegt." — „Natürlich." Erwidert die Kommissarin, als sie bereits an der Tür steht. „Wolltest du zufälligerweise gerade Pause machen? Ich muss zwei Stunden überbrücken." Die

Pathologin blickt sich verzweifelt um. „Bei mir wird es heute spät werden." Sie hebt den Kopf und grinst. „Darum sollte ich unbedingt drüben im Bistro etwas essen, ich hatte noch keine Mittagspause." — „Klingt nach einem weisen Entschluss."

„Wo finde ich die Kollegen Hartmut und Wiegelt?" Die Kommissarin wirft die Frage an der Tür des Büros in den Raum. Eine Frau hebt den Finger und kippt ihn anschließend, sodass er auf den Polizisten am Schreibtisch ihr gegenüber zeigt. „Seidel, Morddezernat", stellt sie sich vor, als sie vor ihnen steht. „Ich komme wegen der Aktennotiz vom Samstagabend. Ein Tobias Meier gestand einen Mord und auf euch wirkte er derart verwirrt, dass ihr ihn nicht ernst nahmt. Das soll kein Vorwurf sein. Ich muss jedem Hinweis nachgehen. Wie kam es dazu?" — „Er war wie auf Drogen, wie auf einem Horrortrip, sehr fahrig und gehetzt und wir konnten keinen Grund dafür entdecken. Leider kamen wir nicht mehr dazu, Genaueres herauszufinden." Susanne Wiegelts Antwort klingt wie eine Entschuldigung, darum ergänzt ihr Kollege „Wir wollten ihn mit der einzigen weiblichen Toten zu diesem Zeitpunkt konfrontieren." — „Wie? Ihr wolltet ihn in die Pathologie bringen? Woher bekamt ihr die Genehmigung?" Reiner Hartmut räuspert sich, seine Kollegin schweigt, die Kommissarin winkt ab. „Ich will es gar nicht wissen. Und wie ist er euch abhandengekommen? Habt ihr ihm zu viele Schauergeschichten erzählt?" Susanne ergreift das Wort, um Reiner zuvorzukommen. „Er stieg freiwillig ins Auto. Zur Beruhigung spendierte ich ihm vorher sogar einen Kaffee. An der ersten Kreuzung sprang er völlig unerwartet aus dem Fahrzeug und verschwand." — „Einfach so?" — „Einfach so. Es gab keine berechtigte Annahme, dass er tatsächlich einen Mord beging. Er wirkte hochgradig verwirrt." — „Und trotzdem wolltet ihr ihm Leichen zeigen." Beide meiden den Blickkontakt zur Kommissarin, heben hilflos die Schultern und lassen sie wieder fallen. „Ihr macht euch sofort ans Werk und treibt diesen Mann auf. Und wenn ihr ihn findet, dann sorgt dafür, dass er dieses Mal bleibt, bis ich mit ihm gesprochen habe."

Denn das ist die Botschaft, die ihr gehört habt von Anfang an, dass wir uns untereinander lieben sollen und nicht wie Kain handeln, der von dem Bösen stammte und seinen Bruder umbrachte. Und warum brachte er ihn um? Weil seine Werke böse waren und die seines Bruders gerecht.
Wundert euch nicht, Brüder und Schwestern, wenn euch die Welt hasst. Wir wissen, dass wir aus dem Tod in das Leben hinübergegangen sind, denn wir lieben die Brüder. Wer nicht liebt, der bleibt im Tod. Wer seinen Bruder hasst, der ist ein Mörder, und ihr wisst, dass kein Mörder das ewige Leben bleibend in sich hat.

1. Johannes 3,11-15

20

Mein Sehnen wird zu einer Perle,
aufgefädelt zu der Kette
meiner unerfüllten Träume.

„Hey, ihr beiden, da will euch einer viel Zeit und Arbeit ersparen, sonst würdet ihr in dreißig Jahren noch durch die Stadt fahren, um die Nadel im Heuhaufen zu suchen." Reiners und Susannes Blick folgen der erhobenen Hand des Kollegen Richtung Fenster zum hell erleuchteten Gang hinaus. Dort steht der gesuchte Tobias Meier neben einer Frau mit pinken Zöpfen. Die Polizisten blicken sich erstaunt an.

Susanne stürmt sofort zum Telefon und will eine Nummer wählen, da drückt Reiner ihre Hand mit dem Hörer auf die Gabel zurück. „Wir erledigen erst die Formalitäten, danach können wir sie anrufen. Sie wird ohnehin noch friedlich im Bett liegen." — „Was hast du schon wieder vor?", zischt seine Kollegin, „wegen dir werde ich noch meinen Job verlieren." — „Sei keine Spielverderberin, ich will der Kommissarin glaubwürdig vermitteln, dass wir stundenlang suchten, sie muss nicht wissen, dass wir gar nicht damit anfingen." — „Weil du mit dem Arsch nie hochkommst." — „Der Mörder wartet, kommst du?" Knurrend erhebt sie sich.

„Herr Meier, wie kommen wir zu der Ehre ihrer Rückkehr?" — „Ich will gestehen." Susanne schubst Reiner beiseite. „Herr Meier, wir wollten Sie schon suchen, wir hätten da noch ein paar Fragen an Sie. Bitte folgen Sie mir." — „Darf Sandy mitkommen, Frau

Kommissarin?" — „Ich bin keine ... Wenn sie uns nicht in der Befragung stört, sonst muss ich sie hinausschicken." Tobi nickt.

Zu viert sitzen sie im Verhörraum zwei, das Fenster bleibt dieses Mal geschlossen. Tobias starrt auf den Tisch, Sandra mustert herausfordernd die Polizisten, Susanne ist mit ihrem Laptop beschäftigt, Reiner dreht seine Kaffeetasse und konzentriert sich auf den Schopf des vermeintlichen Täters. Die Polizistin öffnet ihren Rechner und gibt ihrem Kollegen mit dem Fuß einen Stoß, als der Luft holt und zu sprechen ansetzen will. Erstaunt klappt er den Mund zu.

„Ihr Name ist Tobias Meier?", beginnt Susanne. Der Angesprochene nickt. „Geht es Ihnen heute etwas besser, am Samstag wirkten Sie sehr angespannt." Er nickt erneut, ihr Blick ist wirklich besorgt. „Gut, dann geben Sie mir bitte Ihre Anschrift und ihre Tätigkeit." Tobias überlegt, blickt zu Sandra, die nickt ihm aufmunternd zu, er holt tief Luft und antwortet. „Als Adresse kann ich Ihnen nur die meiner Eltern geben, dort bin ich gemeldet, ich nehme mir seit geraumer Zeit eine Auszeit auf der Straße. Derzeit habe ich keine Arbeit, doch ich suche mir eine. Seit gestern besitze ich wieder einen festen Wohnsitz, also noch nicht offiziell gemeldet, aber ich bekam ein Zimmer in der WG am Willhelmsplatz 14." — „Herr Meier, wir müssen Sie nun leider hierbehalten, bis die Kommissarin kommt, die Sie zu einer Straftat befragen möchte. Ihre Bekannte kann jederzeit gehen." — „Ich würde gerne bleiben." — „Das ist ihr gutes Recht, ich kann Ihnen aber nicht garantieren, ob die Kollegin Ihre Anwesenheit während der Befragung erlaubt. Ich werde Ihnen

Wasser bringen. Die Tür wird geschlossen sein, falls sie etwas brauchen, klingeln Sie dort."

Draußen nickt Susanne Reiner zu. „Nun kannst du deinen glorreichen Anruf tätigen." Er grinst, eilt zu seinem Schreibtisch und wählt die Nummer auf der Visitenkarte der Kommissarin, die seine Kollegin unter den Apparat klemmte. Mit einem süffisanten Grinsen wartet er das Freizeichen ab. „Frau Seidel, schön, dass ich Sie persönlich erreiche, ich hätte Ihnen auch aufs Band gesprochen. Unsere Schicht ist gleich zu Ende. Wir scheuten keine Mühe, suchten die ganze Nacht mit dem größtmöglichen Aufgebot unseres Reviers und schnappten mit vollem Einsatz innerhalb kürzester Zeit den Täter. ... den vermeintlichen Täter natürlich ... Ach, sie sind noch Zuhause ... Rufumleitung ... dann erst später ... Sie kommen sofort vorbei, ... natürlich, wir bleiben so lange ... nein, dieses Mal wird er uns keinesfalls entwischen, wir behalten ihn im Auge, ... nein, wir achten auf ihn ... nein, heute wirkt er kaum verwirrt, ... ja, bis gleich." Weniger euphorisch legt er den Hörer auf und bemüht sich, das Lächeln seiner Kollegin zu erwidern.

Keine zwanzig Minuten später erscheint die Kommissarin. „Wo ist er?" Susanne springt sofort auf. „Im Verhörraum ganz hinten im Gang. Er hat eine Freundin dabei." — „Gut. Herr Hartmut, suchen Sie sich bitte den Akt heraus, den Link schickte ich Ihnen von unterwegs bereits zu und drucken die Fotos der Toten aus." Der wollte sich gerade erheben und fällt auf seinen Stuhl zurück.

Bettina Seidel setzt sich zusammen mit ihrer Kollegin den beiden zu Befragenden gegenüber, als Hartmut nachkommt, muss er stehen. Die Kommissarin winkt resolut ab, als er die Fotos auf den Tisch legen will.

„Mein Name ist Bettina Seidel vom Morddezernat. Sie sind Herr Meier, Tobias Meier?", setzt Bettina Seidel an. Tobi nickt eingeschüchtert. „Sie waren Samstagnacht bereits hier und gestanden unaufgefordert eine Frau getötet zu haben. Wie kam es dazu?" Der Angesprochene räuspert sich, Sandra legt die Hand auf seinen Arm. Dies wird von der Kommissarin registriert, was das Mädchen mit einem trotzigen Blick erwidert. Inzwischen fing sich Tobi. „Ich muss zu allererst sagen, ich war betrunken und bereue meine Tat zutiefst." Er hält inne und schluckt. „Ich saß an der Bushaltestelle, natürlich fuhr kein Bus mehr, ich hing dort ab. Sie kam über die Straße und studierte den Fahrplan, sie sah mich nicht. Sie hatte dieses Telefon in der Hand, ich erkannte das Modell sofort und überlegte, wie viel es bringen würde, es zu verkaufen, denn ich bin gerade mal wieder völlig blank. Sie blieb so lange stehen, dass ich die Gelegenheit ergriff. Ich schubste sie und wollte mir das Handy schnappen und rechnete nicht damit, dass sie über die Bordsteinkante stolpert und stürzt. Ich dachte, bevor sie hochkommt, nehme ich ihr das Telefon weg, sie hielt es gut fest. Als ich es endlich hatte, lief ich davon, bevor jemand kommt." — „Lebte die Frau zu dem Zeitpunkt noch?" — „Weiß ich nicht, ich wollte nur weg. Da war Blut am Boden. Ich hätte einen Notruf tätigen müssen. Das weiß ich. Es war sehr dumm von mir. Ich bereue das." — „Das war Freitagnacht oder präziser Samstagmorgen um drei. Sie gaben am Samstagabend an, sie wurden von ihr verfolgt. Wie ist das möglich? Sie sahen die Frau also wieder und erkannten sie." — „Es war mein schlechtes Gewissen, ich fühlte mich verfolgt. Die Sache machte mich fertig. Außerdem war ich mir unsicher, ob sie wirklich tot war. Eigentlich kam ich ins Revier, weil ich wollte, dass sie aufhört, mich zu verfolgen, obwohl sie absolut im Recht war. Ich habe alles gestanden, ich wollte, dass es aufhört. Ich gestand alles. Hab ich doch?" Er blickt flehend zwischen den beiden Polizisten hin und her, die reagieren nicht. Tobi wendet sich an die Kommissarin. „Sie nahmen mich gar nicht ernst, behandelten mich wie einen Verrückten, doch ich sah sie, ich sprach sogar mit ihr." — „Also war die Frau, der sie das Telefon entwendeten, noch am Leben. Sie sahen sie." — „Sie war hinter mir her." — „Wo war das?" — „Zum Beispiel dort hinten im Park." — „Da haben Sie sie gesehen." Tobi schweigt. Die Kommissarin betrachtet den vermeintlichen Täter nachdenklich, schüttelt den Kopf und winkt Hartmut zu. Der legt die Fotos nach der Reihe auf den Tisch. Für kurze Zeit erstarrt die Szene.

„Ist das die Frau?" — „Ja", kommt die heisere Antwort. „Ich wollte sie wegschubsen, ich rechnete nicht damit, dass sie gleich hinfällt. Der Kopf blutete, ich sah den matten Glanz im Licht der Straßenlaterne, sie rührte sich nicht mehr. Das wollte ich nicht." Die Verzweiflung verzerrt sein Gesicht. Schweigen.

„Bitte entschuldigen Sie uns", spricht endlich die Kommissarin und winkt ihre Kollegen hinaus. Draußen bremst sie beide sofort ab. „Wo habt ihr ihn gefunden? Wie wirkte er auf euch, als ihr plötzlich vor ihm standet? Hat er sich gewehrt, mitzukommen?" Erwartungsvoll blickt Bettina Seidel zwischen den beiden hin und her, die schauen schuldbewusst zu Boden. Susanne richtet sich endlich auf, erhebt die Hand gegen ihren Kollegen, als würde sie ihn schlagen wollen und unterlässt es. Sie stöhnt auf. „Ich sag doch, du bringst uns in Teufelsküche. Sag es ihr!", faucht sie. Die Kommissarin blickt sie erstaunt an. „Was soll er sagen?" Beide Frauen schauen abwartend zu Hartmut, der ringt nach Worten. „Wir fanden ihn nicht, wir fingen gar nicht an zu suchen, weil es aussichtslos war. Meine Kollegin wollte es versuchen, ich weigerte mich. Dann stand er plötzlich im Gang und wollte gestehen." — „Was? Er kam freiwillig? Und das sagt ihr mir jetzt erst." — „Sie fragten nicht", kontert Reiner, sein Blick ist unsicher. „Das wird Konsequenzen haben Kollege, das ist Ihnen schon klar. „Ich hielt ihn davon ab, vorschnell etwas zu gestehen, weil er sich unter Druck gesetzt fühlt. Er sollte damit warten, bis Sie da sind", verteidigt sich Susanne. „Danke Frau Weigelt, zumindest eine dachte mit." Bettina Seidel wendet sich ihr zu, eine eindeutige Geste, dass sie vorerst nichts mehr von Hartmut sehen und hören will. „Wie wirkte er am Samstag auf Sie, sie nannten es verwirrt." — „Wie ich bereits erwähnte, er war wie auf Drogen. Ich konnte sein Geständnis unmöglich ernst nehmen. Ich mache diesen Job erst seit fünf Jahren, doch man bekommt ein Gespür für die Menschen, die hier auftauchen. Es wirkte falsch, er war viel zu verstört, er war richtig verängstigt, als würde ihn tatsächlich jemand verfolgen, der ihm Böses wollto. Für mich sah er am Samstag vielmehr wie ein Opfer aus." Hilflos zuckt sie die Schultern. „Das, was er nun gestand, klingt genauso verwirrend." — „Das stimmt Frau Seidel, aber am Samstag hatte er Angst, jetzt ist er viel ruhiger. Es gibt heute viele verschiedene Substanzen, da lässt sich ohne Blutuntersuchung kaum feststellen, was einer genommen hat. Wenn es die Wirkung einer Droge ist, dann ist es eine völlig andere als am Samstag." — „Das ist eine gute Idee. Hartmut, veranlassen Sie einen Drogentest. Falls er wirklich schuldig ist, brauchen wir den sowieso. Schade, dass wir vom Samstag keinen haben." Susanne nickt und wirkt erleichtert, dass die Kommissarin ihr die Vorkommnisse scheinbar nicht zur Last legt. „Sie haben Recht, Frau Seidel, wir sollten einen Psychiater zurate ziehen. Ich kann den Polizeipsychologen anrufen, vielleicht hat er Zeit, herzukommen, um sich den Mann einmal anzusehen, der kann vermutlich besser beurteilen, ob das Ganze eine Show ist oder eine wirkliche Störung vorliegt." — „Machen Sie das. Er wirkt offen und reumütig, nur er widerspricht sich andauernd. Einmal ist sie tot, dann verfolgt sie ihn und nun identifiziert er das Opfer und die Frau ist definitiv schon seit Samstagmorgen tot. Ich weiß nicht, was ich davon halten soll. Dass er freiwillig gekommen ist, passt nicht zum Bild eines ruchlosen Killers, es bedrückt ihn eindeutig. Ein Mörder ist er wohl, daran können wir kaum rütteln. Doch wir sollten die Umstände klären, die dazu führten, zum Tod und zu seinem Erscheinen hier, beide Male und Sie haben Recht, dazu benötigen wir psychologische Hilfe. Ich besitze bedeutend mehr Erfahrung, sah schon eine ganze Menge, aber hier fällt mir eine Einschätzung schwer. Letztendlich muss ein Richter entscheiden, allerdings sollten wir alles aufdecken, was unseren

Täter ins rechte Licht rückt." — „Ich kontaktiere dien Psychologen", mit diesen Worten eilt Susanne davon. Die Kommissarin öffnet nachdenklich die Tür zu der winzigen Kammer, in dem die Technik zum Verhörraum untergebracht ist und von dem aus man durch eine Scheibe hinüberschauen kann. Tobias Meier hat den Kopf auf den Tisch gelegt, die Hand seiner Bekannten liegt auf seiner Schulter, sie betrachtet ihn besorgt. „Schuldige sehen anders aus", raunt die Kommissarin und verfällt ins Grübeln.

Leise öffnet sich die Tür. „Der Psychologe hat Zeit, er kommt sofort." Beide starren schweigend durch das Glas.

Es dauert keine halbe Stunde, dann gesellt sich der Polizeipsychologe zu ihnen. „Ist er das?", fragt er nach einem kurz genickten Gruß. Die beiden Frauen bejahen schweigend, woraufhin der Mann verschwindet und wenige Sekunden später bei Tobias Meier und seiner Freundin auftaucht. Durch die Sprechanlage hören die Polizistinnen, wie er das Mädchen aus dem Raum bittet, Tobi blickt ihr verzweifelt nach und anschließend verängstigt auf den Neuankömmling.

Behutsam befragt der Spezialist den Täter zu seinem Leben und dem aktuellen Ereignis. Die beiden Frauen verfolgen es neugierig. Während der nächsten Stunde kommt es zu Phasen mit eindeutig klaren Aussagen und dazwischen verwirrenden Angaben zur Toten und einer Verfolgung. Endlich bedankt sich der Psychologe für das Gespräch, verabschiedet sich und lässt das Mädchen mit den pinken Zöpfen wieder in den Raum.

„Wie ist ihr Eindruck?", empfängt ihn Bettina Seidel im Nebenraum. „Sehr zweideutig. Er lügt nicht, er ist wirklich davon überzeugt, von der Frau verfolgt worden zu sein und Sie sagen mir, die war zu diesem Zeitpunkt bereits tot? Da liegt definitiv eine Wahrnehmungsstörung vor." — „Wir ordneten bereits einen Drogentest an." In diesem Moment betritt Hartmut mit einem Arzt den Verhörraum. Die Kommissarin deutet zur Bestätigung ihrer Worte hinüber. Der Psychologe beobachtet es. „Das ist gut. Da er ohnehin gestand, werdet ihr ihn hierbehalten. Ich werde eine weitere Untersuchung in die Wege leiten, das wird vor Gericht dringend nötig sein." — „In diesem Fall würde ich es zu schätzen wissen, wenn am Schluss alles auf einen Totschlag hinausläuft." Die Kommissarin spricht es wie zu sich selbst.

Hinabgedrückt bin ich durch eine eiserne Fessel,
erheben kann ich mich nicht wegen meiner
Sünde.
Keine Ruhe habe ich, weil ich deinen Zorn geweckt und Böses vor dir getan habe: Gräuelbilder habe ich aufgestellt und Schändliches verbreitet.
Nun aber beuge ich die Knie meines Herzens
und bitte dich um deine Gnade. ...
Ich bitte und flehe: Vergib mir.

Gebet Manasses 1, 10-13

21

Kann man Tränen in Worte fassen?

Wirft Traurigkeit einen Schatten?

Oder ist sie der Schatten?

Von was?

Es läutet an der Tür. So früh am Morgen, wundere ich mich und öffne. „Komm", sagt sie, als ich sie mit offenem Mund anstarre. „Woher weißt du, wo ich wohne?" — „Komm", wiederholt sie, ein charmantes Lächeln umspielt ihren Mund. „Gerade wollte ich zur Arbeit, irgendwann sollte ich mich dort blicken lassen." Sie schüttelt langsam den Kopf. „Komm, es ist Zeit." — „Wofür?" Sie wartet geduldig. „Ok, dann gehe ich etwas später ins Büro. Wo geht es hin?" Sie lächelt, ich folge.

Schweigend laufen wir durch die Straßen, mir ist klar, sie will mir keine weiteren Auskünfte geben, anscheinend soll es eine Überraschung werden. Ich freue mich.

Unser Spaziergang nimmt kein Ende. Die schwarze Frau hat wohl ein Problem mit den öffentlichen Verkehrsmitteln, so werde ich unmöglich vor Mittag zur Arbeit kommen, allerdings bin ich viel zu neugierig, um Einwände zu erheben. Das Wetter meint es weiterhin gut mit uns, inzwischen stieg die Sonne über die Dächer und wärmt uns.

Wir betreten den Hinterhof zu einem massiven Backsteingebäude, der normalerweise mit einem schweren Stahltor verschlossen ist, tagsüber steht es wohl offen und trotzdem sagt mir mein Instinkt, hier hat keinesfalls jeder Zutritt, ich zögere. „Du arbeitest hier, da du den Hintereingang benutzt. Das sieht nach einem Geschäftsgebäude aus." Sie hält mir schweigend die schwere Holztür auf. Sie will definitiv keine Auskunft geben und ich beschließe, ihr weiterhin zu vertrauen und zu folgen. Wir steigen Stufen nach unten, die Gänge sind weiß, der Boden grau, die Lampen an der Decke erzeugen unangenehm grelles Licht. Den ganzen Flur entlang gibt es schwere Brandschutztüren aus Stahl, sie öffnet eine davon.

Wir betreten einen Raum, der ebenso unangenehm hell erleuchtet ist wie die Gänge. Hier steht ein Schreibtisch mit PC, mehrere Stühle und Regale, in denen sich ein Ordner an den anderen reiht. Wir biegen zu einem Durchgang in einen Nebenraum ab. Die Einrichtung wird noch kühler und kahler, alles gefliest oder aus Edelstahl, eine Großküche? Oder ein Krankenhaus? Was machen wir hier?

In dem Raum stehen zwei Frauen, eine mit dunkelbraunen, langen Haaren, die andere hat die kurzen blonden mit einem Gummi zusammengebunden. Die Dunkelhaarige trägt einen Straßenmantel, die Blonde die typische grüne Kleidung des Krankenhauspersonals. Nun ist der Augenblick, in dem ich meine Begleiterin endlich fragen muss, was wir hier machen, Schluss mit der Geheimniskrämerei. In diesem Moment erhasche ich einen Blick auf einen Tisch hinter den beiden und was darauf liegt, bisher nahm ich es kaum wahr. Am hinteren Ende glaube ich Beine unter der Zudecke zu erkennen. Ist das ein Patient?

Mein Gefühl sagt mir, die schwarze Lady und ich gehören keinesfalls hierher und trotzdem schleiche ich mich um die beiden herum. Die bemerkten uns bisher erstaunlicherweise nicht.

Langsam verändere ich meine Perspektive. Der Ausschnitt der Beine erweitert sich auf den zugedeckten Unterkörper und den oberen Bereich, der frei liegt. Es ist eine Frau. Die Haut ist erschreckend bleich, beinahe grau. Verdammt, aus Filmen weiß ich, so sehen Tote aus und trotzdem gehe ich weiter um die beiden herum, die mir die vollständige Sicht nehmen. Will ich die überhaupt haben? Meine Füße bewegen sich weiter, obwohl ich stehen bleiben will, in meinem Gehirn schreit eine Stimme: *NEIN*.

Ich sehe einen Kopf, blutverkrustete, halblange rotbraune Haare, die Augen sind geschlossen, der Mund verzerrt. Mein Blick klebt an diesem grauenvollen Bild.

Plötzlich schießt ein Schrei wie eine Rakete aus meiner Brust den Hals hinauf, doch der ist zugeschnürt. Gleich zerplatze ich. Meine Gedanken stocken, das ist unmöglich, wie kann das sein? *Das bin ich.* Das Gespräch der beiden Frauen höre ich nicht.

„Ich verbrachte gestern den ganzen Tag mit dem Täter und es verfolgte mich durch eine schlaflose Nacht. Ich kam zu dem Schluss, dass es kaum seine Absicht war, zu töten." Beide blicken unverwandt auf die Tote, Bettina im respektvollen Abstand, Sonja an die Tischkante gelehnt. „Ich kann ohne mein Gewissen zu belasten, in den Bericht schreiben, es war ein Stoß ohne Tötungsabsicht und ein unglücklicher Sturz. Es liegt im Bereich des Möglichen." Die Kommissarin nickt. „So wie ich den Täter einschätze, war es das. Er wollte sie berauben, aber keinesfalls töten, dazu wirkte er viel zu verzweifelt. Das hier war der Grund." Sie zieht ein Handy aus der Jackentasche, das sorgfältig in einer Plastiktüte verpackt ist. Sie öffnet den Beutel und nimmt es heraus. „Zerstörst du damit nicht wichtige Fingerabdrücke?" — „Die wurden längst abgenommen. Seit der Tat ging es auf eine lange Reise und von einer Hand in die andere. Eigenartigerweise begleitete die neue Besitzerin den Täter, obwohl sie sich erst danach kennenlernten, doch sie war wohl die treibende Kraft, damit er sich bei uns meldet. Du hättest sie sehen sollen, sie ist eine coole Erscheinung: Pinkfarbene Haare zu Zöpfen geflochten und einen Schottenrock, hatte was von der modernen Version eines Asterix." Bettina lacht. „Ich denke, ich kann es ihr zurückgeben, immerhin kaufte sie es offiziell. Bei uns würde es in der Asservatenkammer vergammeln, das kann ich auf meine Kappe nehmen. Allerdings bestand der Täter darauf, es der Toten zu übergeben, es schien ihm sehr wichtig. Und mir wurde klar, was die Abdrücke in der Hand der Toten verursachte." Mit ihren letzten Worten überreicht sie Sonja das Telefon. Die betrachtet es nachdenklich, bevor sie damit den Tisch umrundet. Beinahe liebevoll drückt sie die Finger der Toten auseinander und legt es in die Hand, es passt zu den dunkeln Abdrücken. „Perfekt." Sie tritt einen Schritt zurück. „Mir wäre es lieber, wenn Ulla Falkenstein noch leben würde, aber das ist alles, was wir für sie tun können." Beide seufzen.

Mein Telefon, endlich habe ich es wieder, jubelt es in mir.

Bettina schnauft hörbar. „Was ist?", die Pathologin richtet sich auf und blickt ihre Freundin besorgt an. Die Angesprochene zögert. „Dir kann ich es ja sagen, du wirst es nicht ausplaudern, sonst halten mich alle für verrückt." Der Blick der Pathologin wird neugierig. „Also … ich …: Irgendwie habe ich den Eindruck, als wäre sie es gewesen, die den Täter zu uns trieb." Sonja schmunzelt über den abwegigen Gedanken ihrer Freundin.

Ich will aufspringen, ihr Hallo sagen, ihr danken, ihr …

Die Pathologin breitet sorgfältig ein Tuch über mich. Dunkelheit.

Der Rest ist schweigen.
Und Engelscharen singen dich zur Ruh.
(aus Hamlet)

S

Hat dir das Buch gefallen, dann nimm dir bitte ein paar Minuten Zeit, um es bei BoD, auf Lovelybooks, Thalia, Amazon oder anderen Plattformen zu bewerten. Danke.